袁炳发

著

微型小说名家系列

身后的人

SHEN HOU
DE REN

百花洲文艺出版社
BAIHUAZHOU LITERATURE AND ART PRESS

图书在版编目（CIP）数据

身后的人 / 袁炳发著. -- 南昌：百花洲文艺出版社, 2024. 10.

ISBN 978-7-5500-5701-2

Ⅰ. I247.8

中国国家版本馆CIP数据核字第202443HB36号

身后的人

袁炳发　著

出 版 人	陈　波	
总 策 划	张　越	
责任编辑	李梦琦	
书籍设计	方　方	
制　　作	周璐敏	
出版发行	百花洲文艺出版社	
社　　址	南昌市红谷滩区世贸路898号博能中心一期A座20楼	
邮　　编	330038	
经　　销	全国新华书店	
印　　刷	湖北金港彩印有限公司	
开　　本	889 mm × 1194 mm 1/32	印张 6.75
版　　次	2024年10月第1版	
印　　次	2024年10月第1次印刷	
字　　数	150千字	
书　　号	ISBN 978-7-5500-5701-2	
定　　价	37.80元	

赣版权登字 05-2024-265

邮购联系　0791-86895108

网　址　http://www.bhzwy.com

图书若有印装错误，影响阅读，可与承印厂联系调换。

苇子沟，位于黑龙江最北部。

　　苇子沟水草丰美，人杰地灵，可呈现的故事很多很多。鱼虾戏于其间，让人得到了慰藉；舟船行于其上，让鹰鸥获取了安稳。人与人，人与天地，人与自然，人与万物，总有情感的交汇吧？我愿意把我了知的关于苇子沟的美好和悲忧奉于纸上，以示诸君，同为自我的情感释然。

目　录

翰林街

清水街、染坊街、南基街是苇子沟的主要街道，生药铺、皮货行、典当行、山货庄都在这几条街上。

这几条街，每天行人来往频繁，热闹喧嚣。

翰林街是后来崛起的，在高翰林没来之前，翰林街只是一条有十几户人家的胡同，因为离主街南基街有点儿远，又因为有些荒僻，大家习惯叫它荒格子胡同。

高翰林是从山东益都闯关东落脚在苇子沟的，一根扁担一头挑着破烂家当一头挑着孩子，他媳妇跟在他身后。

高翰林在荒格子胡同把家安置好以后，经老乡介绍，去了裕生堂打短工。一年多后，他靠全家口挪肚攒的钱，购置面粉、蒸笼、十三香、油、盐等，在家蒸山东大包子，然后走街串巷地去卖。

荒格子胡同在苇子沟北面，离北城墙也不远。高翰林一天挑着苇子编的俩花筐，从城北走到城南，等到了南基街，两筐包子基本已经卖完了。吃过他包子的人都说他的包子好吃，包子大不说，皮薄馅多，松软好吃，有滋味。有人为了吃上他的包子，还亲自跑到荒格子胡同来买。

后来，高翰林在南基街租了间门面，开了一家包子铺，店名叫"翰林包子"。

高翰林的包子，从和面到拌馅都由他亲自动手，他媳妇只能打一打下手。面是头天和好在那醒着，馅儿现包现拌，如果提前拌馅，青菜水分多被盐拿出来会影响口感，包子的品相也不好看。

"翰林包子"品种多，墙上挂的牌牌上写的就有十几种：韭菜鸡蛋包、茴香西葫芦包、白菜大葱包、青菜大肉包、芝麻包、香辣豆腐包、香菇菜包、红糖芝麻馅糖包、芸豆包、肉末青菜包等。

高翰林有自己的生意经：你让别人掏钱给你，得让人掏得心服口服，别人拿到手里的东西要物有所值。

有一段时间，高翰林苦心钻研包子，眼前总是晃动着包子，白天想包子，连夜里做梦都是包子。研究的结果是，把包子做成花样——动物、花朵。动物包子憨态可掬，花朵包子栩栩如生。

这样，来吃包子的人越来越多。

人多地方小，高翰林又租了两间带饭厅的门市房，还招了俩伙计做杂工，扩大经营规模。

仁德堂药铺米掌柜经常到高翰林这里吃包子，他喜欢吃韭菜鸡蛋馅的包子，几年来从没换过样。最近不知什么原因，米掌柜已经连着几天没来店里吃包子了。高翰林觉得心里失落，心下想，莫非是米掌柜哪次来，自己招待不周了？或是另有原因？高翰林十分惦念这件事，他决定登门拜访米掌柜，一探究竟。

高翰林吩咐伙计装上一屉韭菜鸡蛋馅儿包子，出门打上黄包车，直奔米府。

高翰林叩门，米掌柜的家人把门打开后，把高翰林引至客厅。看着高翰林手里提着的那屉包子，米掌柜有些热泪盈眶。

身后
的人

看茶落座后，米掌柜看着高翰林笑了笑说，我这两天偶染风寒，不便动身，还麻烦贤弟亲自上门。生意做到这个程度，让愚兄敬佩！

高翰林摆手说，哪里，您老年纪大，离我包子铺又远，这样吧，我每天早晨差伙计把包子给您送来，免得您来去折腾。

米掌柜开始不同意，说，为吃几个包子，太劳烦了！但拗不过高翰林，也只好随他了。

风雨无阻，不论多忙，高翰林总是按时差伙计给米掌柜送包子。

一天早晨，给米掌柜送包子的伙计前脚刚走，高翰林就发现，伙计把包子拿错了，拿走的是白菜大葱包。高翰林赶紧拎上那屉韭菜鸡蛋馅儿包子，出门给米掌柜送去。

米掌柜对高翰林说，你真是个较真儿的人！然后又说，你的包子这么受人欢迎，不如在别的街上多开几家，资金不够，我可以帮。

高翰林拱手说，谢谢大兄，我考虑一下。

米掌柜问，贤弟的名字是谁取的？

高翰林答，家父。

米掌柜问，他读过书？

高翰林说，没读过几年，我的高祖曾在朝里做过文官。

米掌柜点头说，家学渊源！

在南基街，还有一家包子铺，叫"俞三包铺"，与"翰林包子"隔着几家门面，但俞三包铺的生意不好，每天门可罗雀。

"翰林包子"门庭若市，让俞三生出许多妒意来。他借过来向高翰林取经为名，偷偷把一把沙子撒到案台上装馅儿的大盆里。

高翰林没看见，但他知道是俞三干的。

那天的几大锅包子都扔了，高翰林一个劲儿向顾客道歉并且承诺：凡是当天买包子的可以免费连吃三天的包子。

这件事以后，高翰林想帮帮俞三。

一连几天，高翰林都去俞三包铺帮俞三包包子，从包子皮、包子馅儿、包子重量，高翰林都给改换一新。

陆续有人上门买俞三的包子，俞三包铺的包子销量比从前翻了一番。

南基街上的人都说，高翰林往俞三的包子铺门前一站，就是招牌！

俞三直溜溜地给高翰林跪下了，所有的歉意和感激都在这一跪之中了。

高翰林又在清水街、染坊街开了两家翰林包子，生意也都大火。高翰林赚了一些钱之后，南基街上没钱的百姓也都能吃到他的包子。南基街上的各户人家，谁有个难事，高翰林全都出手相帮。

有一年的春天，苇子沟没下一滴雨，瘟疫肆虐，高翰林拿钱买了粮食，救济南基街上的穷苦乡亲，让他们度过了困难期。

高翰林的两个儿子长大后，子承父业。

高翰林高寿九十作古。去世之前两个儿子都向父亲问自家包子的秘方。高翰林说，咱高家包子的秘方是宽厚待人，善心善行。

高翰林去世之后，人们为了纪念高翰林，把南基街改称翰林街。

身后
的人

破 镜

　　走在清水街上的陆子方满脸是汗，他拿出随身携带的扇子。

　　陆子方把扇子举到脸边，扇了几下，然后目光落在老德麻花店门前。此时，来凤正好从那儿出来。

　　来凤个子高，脸白，这都不算什么，引起陆子方注意的是来凤的屁股，民间说法是，大屁股女人能生儿子。

　　想到这里，陆子方也不顾去收账了，他要去找媒婆提亲。

　　陆子方已经三十挂零，他是子方皮货行的掌柜，要钱有钱，长相也说得过去，可他连说了两房媳妇，都先后过世。大家都说陆子方命硬克媳妇，女人就有些怕他，他的婚事便也耽搁下来。

　　媒婆当天给陆子方回了信，说来凤和大车店的车老板二李子相好，她爹这几天正准备给她定亲呢！陆子方听后，果断地从兜里掏出两块大洋拍在媒婆手心上，说，你再去一趟，就说我在苇子沟城外，给来凤爹买二十亩好地，再加一副上好的松木寿棺。

　　来凤自然不同意，她说，爹，二李子这些年没少给咱家干活，再说，姓陆的命硬，你就不怕我让他给克没了？

　　爹说，克不克都是天注定，要我看陆子方行，起码孝顺，还没等娶你回家，就知道给我买寿棺。

　　来凤爹以死相逼，来凤只好委曲求全嫁到陆家。

　　陆子方带来凤到裁缝铺，给她做了几件软缎束腰立领旗袍，又到金店定制了一副金手镯。

陆子方看着穿上旗袍亭亭玉立的来凤，眉头舒展开来，用手抚弄一下自己灰色长袍的下摆，对来凤说，你是我的女人，我不会让你受一点委屈，抓紧给我多生几个儿子吧！

在娘家的时候，来凤什么活都干，嫁到陆家以后，有佣人伺候反倒不舒服。她跟陆子方说，我啥活都能干，把佣人打发走吧！

陆子方说，辞退佣人？想都别想。我是皮货行的掌柜，在苇子沟也算是个人物，不是你能不能干活的问题，是我的面子往哪放？

来凤不喜欢陆子方的这种霸气，这让她经常想起二李子，两人不论遇到啥事儿都商量着来，即便二李子生气她也不会介意。在陆家不行，她整个心思都得围着陆子方转。

一年以后儿子出生，来凤觉得自己的日子有了亮光。

陆子方非常高兴，来凤生下孩子当天，陆子方就差人给来凤娘家送了一斗子车米面油，外加一个狐狸皮的坎肩。他跟来凤说，咱爹年龄大了，穿这个挡寒。

来凤把孩子伺候得又白又胖，陆子方经常看着来凤给孩子喂奶。有一天，陆子方的一个远房表姐来串门，她逗弄着陆子方怀里的孩子。来凤没在屋时，表姐说，我看这孩子怎么不像你呢？

陆子方心里一惊，对着孩子的脸看了半天也没说啥，等把表姐送走了，他立即问来凤这孩子怎么不像他。

来凤说，他是你儿子，不像你像谁？

陆子方说，不对，我觉得这孩子一点儿也不像我。这孩子到底是谁的？你今儿个必须给我说清楚。

从此以后，两人天天吵架，陆子方认为这孩子像来凤从前的相好二李子。

　　陆子方一狠心把来凤休了。

　　来凤被休两年以后，陆子方摊上了一桩官司。苇子沟的董五，从陆子方这里买了一张皮子，买回去之后又回来退货，说皮子没有熟好，铺在炕上梆硬。

　　陆子方坚持不给退，两人吵了起来。董五仗着自己姐夫是县知事，打了陆子方一个大嘴巴，陆子方还了一拳，打在董五的面门上。

　　事有凑巧，董五从子方皮货行出来，到庙胡同小酒馆喝了一顿酒，回到家半夜就死了。

　　董五的家人把陆子方告到县公署，说董五是陆子方打死的。经过三推六问，陆子方被判了重刑。

　　来凤听说陆子方被判了重刑，到皮货行向伙计了解事情的来龙去脉后，觉得陆子方是被冤枉的。

　　来凤看着儿子逐渐长大，她觉得孩子不能没有父亲。她领着孩子去了江省上访，一晃三年过去，申诉依然没有结果。后来万督军在江省军政两属，每到周日亲自接待上访者。

　　来凤终于见到了万督军，她声泪俱下地控诉引起了督军的重视。督军立即派人到苇子沟调查，等来凤和孩子回到苇子沟时，县知事已经被免职，而陆子方也被释放出来了。

　　陆子方很感激来凤救他，如果没有来凤多年执着上访，他将死在大牢里。

　　陆子方被释放后不久，二李子因在马市偷马被抓。审讯过程中，他主动交代：陆子方表姐的挑唆，董五到皮货行找碴干仗，都是他花钱雇用的，他说他太恨陆子方了，捅他一百刀都不解恨。

二李子的供述，让陆子方追悔莫及。陆子方在益丰源饭庄摆了宴席，他要郑重地向来凤悔过道歉。

陆子方见到已经六七岁的儿子，歪着小脑袋看着他时，泪水唰地流了下来。

此时的陆子方再看儿子时，怎么看都觉得儿子很像自己了。

来凤说，我是给你送孩子来的。

陆子方劝说来凤跟他回去，来凤坚定地摇了摇头。

脉 枕

父亲是苇子沟的名医。

父亲行医用药比较大胆，药量也超乎常规。他的患者很多，小病诸如头疼感冒之类，父亲直接告诉他们喝姜水发汗，不必用药。遇有大病急病和一些他认为应该吃药的病，他才接诊开方。

父亲用的都是应季千选万挑的地道药材，每年夏天到秋天，他都亲自上山，雇用几个山民把防风、公英、石斛、地丁和甘草等一些大路药材采回来，放在院子里晾晒加工，至于那些贵重药材诸如川贝、山芋、人参，当地山上没有，他必须亲自到产地购买。

父亲识药不只识药性，也认识药。用他的话说，只有经他过手的药用着才放心。

父亲说，中医治病医道当然重要，但更重要的是药材，你有再好的医术，药跟不上那都是扯淡。

父亲看病一般只有两个疗程，十二天。两个疗程不见效，你再想吃药他也不会给你开方子了。一个从新京慕名而来的患者，两个疗程不见好，仍要接着吃药被父亲轰走了。

母亲看不惯父亲的做法，她认为行医是为了挣钱，这跟商家卖货没什么区别，人家花钱你干吗不卖给人东西？

父亲只是一笑，从不辩解。

父亲学医功夫下得很足，一本《金匮要略》完全能背下来。还有《李濒湖脉学》那更是倒背如流。中医讲究望闻问切，父亲给人诊病主要是切脉，用老百姓的话说，父亲脉条儿好。

那年父亲接诊一个肾病患者，当时病人的精神状态很好，在饮食和走路上都跟常人无异。

父亲诊过脉后，说，你这病我治不了，有什么未了之事抓紧去办！

母亲知道了这件事后，告诉父亲，作为医生，不能把话说得太满，要给自己留有余地。

父亲看了看母亲，摇头一笑说，我没你那么滑头。

母亲狠狠地剜一眼父亲说，这不是滑头不滑头的问题，这关乎你的声誉，万一不死呢？

果然，这个患者只活了七天。

一个小城的医生能断出生死脉，名声自然大噪，接着患者络绎不绝地涌进父亲的医馆。

母亲对父亲总是爱答不理的，我曾和母亲聊过父亲。母亲说，你爹这个人吧，要说医术好我认，就是太格路！你看，苇子沟有多少家药店医馆，那坐堂的和不坐堂的得有多少郎中？你看谁拿石子装脉枕？

父亲有一个脉枕，是白色花旗布做的，里面装的是手指甲大小的鹅卵石，而不是谷瘪子稻壳那些软东西。阳光从窗外晃进来金灿灿的，给小小的脉枕镀了一层光，脉枕耀眼地白。

父亲每过一段时间，都要亲自清洗脉枕。母亲曾主动帮父亲清洗脉枕，都被父亲拒绝，父亲嫌母亲做活毛躁。

父亲洗脉枕，先是把石子倒进盛满清水的盆子里洗净，然后把水倒了再洗脉枕皮子。父亲无论干什么活儿都很认真，他清洗过的花旗布纹理通透，鹅卵石也清爽光滑。

父亲和母亲也有合作的时候，那是年头和年尾，母亲去帮父亲要账。父亲脸皮薄磨不开情面。轮到母亲出面了，她首先得跟父亲谈条件，两人一般是三七开，也就是说，要回来的钱母亲要留下三成，父亲七成。

从我记事起，父亲和母亲每天都是吵吵闹闹的，本来是一句好话，到了我母亲嘴里也变了味儿。母亲在旗又是没落的大小姐，她骨子里有些瞧不起父亲，而父亲却偏偏不买她的账，这让她心里一直很不舒服。

父亲走得很突然，刚过花甲，头天晚上出个急诊，睡一宿觉第二天就去世了。

母亲神色平静，一声也没哭。

在盖棺的时候，我忽然想起脉枕，想给父亲带走。可找遍了诊室和药房都没有。我去问母亲，她坐在父亲的诊床上发呆，一句话不说。

父亲走了以后，母亲把她最爱玩的麻将戒了，谁家也不去。她开始按时按点儿地做饭吃饭，生活很有规律。

不到半年，母亲也突然走了。我收拾遗物时，在母亲的枕头里，发现了父亲的脉枕。

喜 贵

喜贵的老爹在苇子沟染坊街做了一辈子豆腐，死前给喜贵留下四十块大洋的债务。

爹告诉喜贵，这钱是给他娘治病时欠下的，让他一定还给汤爷。其实不用爹嘱咐，喜贵知道事情的来龙去脉。当年要不是汤爷，他娘也不会又多活好几年。

爹入土为安后，喜贵赶紧去找汤爷。

汤爷住在草帽胡同。

汤爷站在家门口好像是在等喜贵，他把喜贵让到屋里。

喜贵说，汤爷，听我爹说当年跟你借钱没有凭证，今儿我来是想给汤爷立个字据。

汤爷一笑说，我跟你爹认识三十年了，每天都吃他做的豆腐，你爹就是凭证。

喜贵说，现在我爹不在了，我是怕你……

汤爷眉头一皱说，你是怕我担心你赖账？你看轻汤爷了！

喜贵用手挠着脑袋有些不好意思。

汤爷说，反正我一时半会儿死不了，你也不用急着还钱。

喜贵从汤爷家里出来想着汤爷说的话，心里十分感动。第二天，天还没亮他的豆腐车就停在汤爷家门前了。

汤爷说，你不用来这么早，别耽误你做生意。

喜贵说，不耽误，顺路。汤爷给豆腐钱，喜贵不要。

汤爷说，我借给你爹钱那是情分，你给我送豆腐也是情分，收钱是规矩，咱一码是一码，千万不能坏了这规矩。

汤爷每天只要一块豆腐，多了他吃不了。从染坊街到草帽胡同要经过好几条街，喜贵爹每天只做一盘豆腐，轮到喜贵，他要做两盘，他想早些把钱还给汤爷。

其实，喜贵家的豆腐无论是炖还是凉拌都好吃，不用走那么远就能卖掉。汤爷明白喜贵跟他爹一样，给他上门送豆腐是情分。

汤爷是苇子沟出名的酿酒师，年轻时候跟一个唱戏的好过，没结婚。不要说在草帽胡同，就是全苇子沟的人如果遇到难处，他也一定会出手相助。现在他老了不能挣钱了，可他也从没把钱当回事儿。

通过一段时间的接触，喜贵发现汤爷人缘儿极好，那些过去在一起喝酒吹牛的老哥们不算，草帽胡同的人几乎都喜欢去汤爷家，陪他聊天，有时还要给汤爷带点儿应季的青菜或水果。

喜贵曾经问过汤爷他为啥这么招人。

汤爷看着喜贵笑了，然后说，你喜贵的豆腐难道不招人吗？

汤爷说得不错，喜贵只要一进草帽胡同，不喊豆腐而是直接喊汤爷，人们听到他的叫声就都出来了，不一会儿他的豆腐便一抢而空。

两年了，喜贵陆续给汤爷还上了三十二块大洋，他记得很清楚，每次还钱的时候汤爷都说不急，甚至在接钱的时候还有些不好意思。

汤爷年岁大，他必须抓紧清账，否则一旦汤爷走了，钱没还清，他没法跟爹交代。喜贵把自己的意思跟媳妇说了，让她在家看着豆腐坊，自己凑了一笔钱，跟几个贩卖皮货的去了宾州。

宾州城很大，一个皮货市场都赶上苇子沟的几条主街长了。喜贵不懂皮货，看人家买啥他买啥，好在同来的几个皮货商懂行，做了几单生意他还真赚着钱了。

走的时候刚入秋，树叶还半绿呢，喜贵回到苇子沟已是遍地积雪了。当媳妇把汤爷已经去世的消息告诉喜贵，他呆呆地看着媳妇半天没回过神儿来。

媳妇问，汤爷走了，钱没还清怎么办？

喜贵点了一根烟没有说话。

屋里的气氛很紧张，媳妇也不敢问。喜贵抽过烟以后开始泡豆子，兑卤水，把两个苇帘子放在外面屋顶准备冻豆腐。他一天也没歇着，八块大洋都让他买了豆子做成豆腐。进入腊月的时候，他的仓房里已经装满一板一板的冻豆腐了。

天刚放亮，喜贵和媳妇简单地吃一口，便拉着三轮车离开了染坊街。

草帽胡同又能听见喜贵喊汤爷的声音，正是早晨，炊烟袅袅，天空飘着雪花，人们都出来扫雪。

喜贵每到一户人家门前，就卸下一板豆腐，然后说这是汤爷的意思，不收钱。

雪如白玉，纷纷扬扬地飘落着，铺满了草帽胡同。

一把炒米

炊事班老班长和一个大个子战士，还有一个小个子战士，在一次作战中没有突围出去，与队伍失去了联系，被敌人围困在一个叫苇子沟的北山上。

已是第七天了。

这七天，三个人是靠吃野菜啃树皮活过来的。

此时，三个人都很无力地靠在一棵粗壮的老榆树上，三个人的目光都很贪婪地望着米袋里的那一把炒米。

望着那一把炒米，老班长的喉结蠕动了几下，小个子战士艰难地咽了下唾沫，大个子战士的那张嘴很大地张着……

谁也没敢动那一把炒米。老班长有话："不到关键时刻谁也不许动。"

这句话是昨天夜里老班长端着枪说的。

昨天夜里，老班长刚刚睡去，就被一阵撕扯声惊醒。老班长睁眼一看，见是大个子战士与小个子战士争夺米袋里的那一把炒米。

老班长气怒地抓过枪，拉上枪栓骂道："妈个蛋，都给我住手！这点米不到关键时刻谁也不能动，谁动我就崩了谁！"

第八天的夜里，夜色漆染一般地黑，老班长拿过那个米袋，走到大个子战士面前，说："你赶快把这把米嚼下去，趁今晚儿没有月亮，天黑突出去。我们在北面打枪把敌人吸引过来，你就从南面突。突出去找到队伍来救我们。"

大个子战士激动地接过米袋，稍迟疑一下就把米抓到嘴边。这时，小个子战士却一把夺过米袋，对老班长说："还是叫我吃吧！我个子小，突围灵巧。"

老班长被小个子战士突然的举动激怒了，他夺过米袋，一拳就打在小个子的鼻子上，骂道："我日你个娘的，灵巧个屁，个子顶不住枪杆高！"

小个子战士就再不敢言语，流着泪抹着鼻内流出的殷红的血。

大个子战士狼吞虎咽地把那把炒米吞了进去。

突围开始，老班长和小个子战士在北面山坡上的一阵枪声把敌人吸引了过去。

突围出去的大个子战士，回望苇子沟的北山时，那里的枪声正一阵紧似一阵地响着……

几天以后，大个子战士带着队伍来营救老班长和小个子战士时，却在苇子沟的北山坡上，发现了老班长和小个子战士布满了弹孔的尸体。

大个子战士痛悔地仰天长哭。之后，就和其他战士一起，把老班长和小个子战士的尸体掩埋在苇子沟的北山上。

几十年过后，一位大个子将军来到苇子沟，在苇子沟的北山上，立下一块墓碑，上写：革命烈士刘冬生父子之墓。

身后的人

　　最近，将军总感到他的身后有个人站着，待他回头看时，这个人又无影无踪了。有这种感觉，是在将军离休以后。离休后的将军，在家侍花养鸟，闲下来时，就爱在逝去的往事中徜徉。将军喜欢仰靠在软椅上，闭目回想那些往事。将军想得最多的是他年轻时的事。那时的人，活得特坦诚，坦诚得就如一道简单的加减法：打仗＋胜利＝解放全中国。一想到打仗，将军的脑子里就闪现出千军万马，就听到了枪声和战场上的厮杀声。将军兴奋起来，忽地从软椅上站起，口中喊："班长！"喊声未落，蓦地，将军就又感到身后有个人站着；将军就急转身看，那个人又无影无踪了。将军骂："真他娘的怪！"将军就又坐到软椅上。将军想起一件事。那时，将军还不是将军，将军只是一名普通的战士。

　　一次，他在执行任务中，遭到敌人的追捕。是苇子沟的张妈和她的儿子，把他掩藏在茅屋中的假间壁墙里，他才免遭一难。他虽然免遭一难，但张妈的儿子却被敌人带走了。当时由于任务紧急，他未等到张妈的儿子是死是活的消息，就匆忙赶回部队。全国解放后，将军给苇子沟的当地政府去信查询过张妈家的消息。政府给将军的回函是：查无此人。因此，将军现在也无法知道张妈和她的儿子是否还活在这个世界上。

　　想到这儿，将军哭了。哭时，将军就又感到那个人站在了他的身后。这次，将军没有转身去看。将军坐在那儿，手抵额头一阵沉思。

翌日，将军从银行取出自己的存款，寄给了苇子沟政府的民政部门。将军在汇款单附言栏内写道："我忘不了在战争年代，那些在我们身后的人，为解放全中国而做出的牺牲。"

让姨奶想疯了的那个人

让姨奶想疯了的那个人叫孙保会。

这个名字我之所以记得这么清楚，是因为我听了太多遍。

那时候，我的疯姨奶和我奶奶盘腿坐在炕上，穿着同样黑灯芯绒大襟袄，两尊小佛一样端坐着。

两位老太太总是因为那个叫孙保会的人争论不休。

姨奶说，孙保会啊，这人真是让我捉摸不透。我们住的地方离火车道近，远远听见火车的鸣叫声，孙保会侧耳听着，火车开上松花江大桥了，轰鸣声震得屋子颤抖，他才戴上毡帽出门，你猜怎么着？

我在地下给弹弓换皮筋，看见奶奶撇撇嘴没吱声。

姨奶接着说，孙保会上了火车道，火车正好开过来，他一伸手，双脚弹起，只见西服后襟一飘，人就站在火车的脚踏板上了，一股白烟，就跟火车一起没影了。

奶奶说，你见了？尽是胡说。

姨奶没理奶奶的话茬，双眸凝望窗外的远处，说，孙保会啊，真是狠心，你说他怎么那么狠心？竟是个地下党，跟我牙口缝没露。我嫁了他五年，整整五年。

奶奶说，要不怎么说你傻呢？蠢呢？跟人家过了五年，还不知道真名实姓，家住何方，到底是干什么的，啥也不知道。

姨奶仍自顾自地说，孙保会啊，他对我可好了，陪我烫长发，领我下馆子。我过生日，他问我要什么，我说要金戒指。他就带我去金店，挑来选去，折腾半天也不买，我都生气了，摔了门出来，孙保会在身后跟着我拐进列巴店后面，他说，看看你的手吧，我一看，呀！左手无名指上有一只亮光闪闪的金戒指。

奶奶瞪一眼说，疯话，你看哪个地下党干这样的事情？

姨奶又是没理奶奶的话茬，继续说，孙保会啊，和他交往的人个个有模有样，料子西服，锃亮的大皮鞋，贼眉鼠眼的人都近不得他身前。

奶奶说，呸，好不害臊，还有脸说呢！一个大姑娘家家的跟人跑了五年，这就是爹供你上学的结果？

姨奶这会儿的眼里有了些许的泪花，说，孙保会啊，我是真想他，那几年可把我想坏了。

奶奶说，呸，这么大岁数了，还不说正经话。爹带着人拉你都拉不回，让你等吧，又等五年，那人还不是不见人影？

姨奶说，你说也怪，怎么一句话没留就走了呢？再也没见到，我怎么找也找不到。

奶奶说，把你玩了呗，到底不是明媒正娶。为了个浪子，你疯了一辈子，值吗？

这时候我把弹弓收拾好了，抬头看着疯姨奶，她仓皇落寞的脸上有浅浅的泪痕，不知为什么，我的心突然动了一下。

姨奶见我看她，笑了。

奶奶突然也笑起来，那年我十二三岁。

前几天，等着退休闲得无聊，我便会无来由地想起许多旧事，一时心血来潮，在百度里输入"孙保会"三个字，一下子现出若干条，我随意点开一条，上书：孙保会，原名孙祚麻，苇子沟地下党负责人，九一八后多次组织破坏日满铁路运输线，秘密接送抗联将士往返各战区。1935年8月8日炸毁滨绥铁路苇子沟段，使整列军用物资毁于大火，为东北抗联秋季战役的胜利作出了重要贡献。孙保会1937年4月5日被捕，牺牲于北满特别区警务处，时年三十一岁。

我想我该补充一句，姨奶一生漂泊，没有再结婚。年老时（我小的时候）经常住在我家或大舅爷家、二舅爷家。

1967年某月某天，姨奶独自从大舅爷家去二舅爷家时走失。

烈　士

秋风四起，落叶被风裹挟着旋起又落下，呜呜地悲鸣。

这是苇子沟 1935 年晚秋的一个傍晚。

福升商号的老板倪士亭和太太李婉花，被关押在伪警察署一间闲置的房子里，外面有两名伪警察看守。

倪士亭和李婉花倚墙席地而坐，李婉花的身体在倪士亭的怀中就像窗外仍挂在树上的残叶，瑟瑟发抖。

窗外下起了雨——一场霜降前的冷雨。

雨打在窗棂上噼啪作响，一股冷气便从窗子的缝隙中窜进来。

李婉花的身子抖索得更厉害了，她毅然地从丈夫怀中挣扎出来，双臂交叉抱住肩头，像是要稳住自己。

倪士亭再次把太太揽在怀里，他的心很乱，在日本留学五年的倪士亭，最清楚等待他们的是什么。他低声说："记住，你什么也不知道。"沉寂了一会，他把散在李婉花脸前的长发拢在耳后，说："不管遇到什么，我们都不能出卖组织，打死也不能说。"

李婉花直起身子，半跪着把嘴贴在倪士亭的耳边，说："放心吧，打死也不说！"

倪士亭长吁了一口气。

翌日，苇子沟的日本宪兵队队长西岛赶到伪警署，他要亲自审讯倪士亭夫妇。

身后
的人

倪士亭被带到刑讯室。

倪士亭看了一眼西岛，什么都没有讲，挥下手，示意他们动手吧。

各种刑具几乎用遍，也未能让倪士亭张嘴说话。

倪士亭被打得死去活来，但他脸上仍从容平和，一双眼睛清亮如常，目光如剑直指西岛的那张紫红的脸。无奈，西岛摆摆手，意思是将其拖走。

李婉花的哭声让倪士亭清醒过来，见倪士亭醒来，她攥着拳头说："士亭，你一定要挺住，挺住，多少生命都在我们的手上。"倪士亭闭上眼睛，心里长叹一声："婉花，婉花，你哪里知道，我最担心的是什么？是你！"

夜深了，李婉花沉沉睡去。但倪士亭无法入睡，他心里在激烈反复地斗争着。他在决定一件事情，这件事情的完成，意味着他将背着痛苦走完他今后的一生。

没有时间犹豫不决了，倪士亭下了最后的决心。

倪士亭跨上李婉花的身体，双手死死地卡住她的脖子，直到李婉花瞪着一双惊恐的眼睛停止呼吸。

倪士亭伏在妻子身上无声啜泣："婉花，你是女人，你扛不住，那个罪不是常人能受得住的！如果出了差错，我们组织的损失就更大了！……"

李婉花的尸体被李家哥哥拉走后，葬在了苇子沟的北山上。

第二次的审讯变本加厉，但倪士亭仍牙关紧闭。

接下来一连数日，却没有审讯，倪士亭像是被人遗忘的废弃物，没人理睬，吃饭都没人管，实在忍熬不住饥饿时，倪士亭拼命敲打门窗。

他的时间都用来看窗外的落叶，一阵疾风扫来时，落叶成阵，飘忽如他熟悉的岛国缤纷的樱花，一阵清幽的琴声响起，是《樱花》曲调，单纯如生命单一的终结方式：死亡！

这样的心情久久徘徊不去，如同那单调的琴声，一遍遍提醒他，生命若樱花，终将成泥。

西岛第三次提审倪士亭时，在他的脸上已经看到死尸般的枯槁之色。

优雅宽敞的单间，桌上摆满了酒菜，舞女们在一旁侍奉。西岛笑眯眯地看着他，酒菜的香气伴着琴声飘逸。

倪士亭端起酒杯，犹豫地玩味着，最后一饮而尽。舞女们蜂拥而上，把倪士亭架到屏风后面去了……

之后，苇子沟地下组织相继惨遭破坏，十几名地下党员遭到日本特务的枪杀。

上级组织研究决定，立即派人铲除叛徒倪士亭。

奉命执行除奸任务的是苇子沟抗日游击队的一名侦察员。腊八那天早上，一场小清雪过后，侦察员尾随着倪士亭的脚印，跟踪到苇子沟的一家大烟馆，在床上捉住了倪士亭。

手枪顶在了倪士亭的脑门上，侦察员正要扣动扳机时，倪士亭说："慢，我知道我罪有应得，但要澄清一个事实，我太太李婉花是我亲手杀害的，她不是叛徒。"

讲完，倪士亭被一枪毙命。

侦察员向组织汇报了倪士亭杀害李婉花的事情，但苦于无人证明倪士亭的话是否真实，组织便将此事搁置下来。

身后
的人

苇子沟解放后，当年那两个看守倪士亭夫妇的伪警察，主动向政府坦白了李婉花的被害经过。

　　李婉花被追认为革命烈士，她的遗骨被安葬在苇子沟革命烈士陵园。

收　徒

　　邱爷是苇子沟邱记绸缎庄的老板。他在苇子沟棋界，算一高手。

　　室内无声。

　　此时，邱爷正和开拓团的竹下隆一下棋，保镖霍二龙立于邱爷的身侧。邱爷气定神闲，脸带笑意盯着棋盘，又像是不在意棋盘。

　　茶水微微地氤氲着香气，邱爷端起茶碗轻轻地啜一口茶。而竹下完全是一副如临大敌的模样，脸上浸出的汗珠已经落在棋盘上，他好不容易想出一步棋，刚把棋子落定，邱爷的下一步棋正好封住他的杀招。这时双方的棋子完全呈现出胶着的状态。

　　邱爷又喝了一口茶平静地说，竹下部长，看来这又是一盘和棋！竹下看了一眼站立的霍二龙，只好把手里拿着的棋子散落在棋盘上，然后起身对着邱爷凝视。

　　一个上午他们连着下了三盘棋，无论竹下处于怎样的优势，到后来邱爷都能和他打成平手，可反过来说即便是邱爷处于优势，竹下也能扳回局势。他从小跟着父亲在中国经商，可以说对中国的琴棋书画都有涉猎，对象棋情有独钟，他从十二岁开始下棋，历时二十年，遇到过很多的对手，但还从来没遇到过像邱爷这样难缠的对手，一连跟他下了三盘和棋。

身后
的人

竹下知道邱爷这是跟他客气，其实他们的棋艺根本不在一个水平上。竹下感到了一个中国人对他的轻视甚至是侮辱，他心里不快可又奈何不了邱爷。

霍二龙目睹了两人对弈，以为邱爷故意让棋是讨好竹下，所以逢人便说邱爷的不是。

从此，苇子沟一些棋迷对邱爷有了看法，再遇见邱爷的时候都一脸不屑，目光里也有了对他的鄙视。但邱爷好像什么事儿都没发生，该遛鸟遛鸟，该喝茶喝茶，实在寂寞了便把苇帘子铺在小院的凉荫下，躺在上面自己跟自己下盲棋。

因为邱爷不接招儿，霍二龙觉得没意思，只好去问邱爷他什么意思。邱爷说，我的意思你又怎么能明白？我知道你恨日本人，我也恨，可光恨有什么用呢？两人话不投机，邱爷也懒得跟霍二龙解释。

竹下爱棋可又找不到合适的对手，他又想到了邱爷。他觉得跟成为一流的象棋大师相比，邱爷轻视他侮辱他不算什么，最好的办法是跟邱爷学下棋，然后战胜邱爷。

竹下特意选了一个阳光明媚的日子，带着礼盒去拜访邱爷，并说明了自己的来意。

邱爷笑了，然后非常诚恳地说，你能有这个想法我非常高兴，可遗憾的是我们下成平手，我哪有资格教你啊！

竹下本来是想好了要降尊纡贵地去讨好邱爷，可临了一看邱爷那决绝的神色，知道再说无益，也只好带着遗憾离开了。

开拓团种地说是花钱买，其实给那几个钱跟抢也没啥区别。竹下又看上了马家的一块洼地，要种水稻。马家自然不干，可又拗不过开拓团，只好去找邱爷给想办法。

邱爷眯着眼睛想了半天，只好去找竹下。

对于邱爷的到来，竹下一点儿也不意外，他给邱爷倒了一杯茶，然后解释说，买马家的地不是我的意思，是开拓团总部的安排，要在苇子沟试种水稻。

邱爷说，我知道你有你的难处，但马家几十口人就靠这两垧地活命呢，不如这样，我苇塘跟前有一块自己的洼地，适合种水稻，无偿地送给你们，来保马家的地吧！

竹下看着邱爷也没说话，而是随手把棋盘摆上了。

这次两人下了两盘棋，竹下赢了一盘。

竹下说，其实我赢你心里很不舒服。

邱爷说，你以为下棋是好勇斗狠非得分出个胜负输赢，你错了！在我们中国，真正的棋手是用棋子和对方交流，是通过这样的一种特殊方式，赢得对方的好感，从而与对方成为朋友。

竹下十分惊讶地看着邱爷，好半天也没说出话来。

邱爷走了以后，竹下反复地咂摸邱爷的话，心里好像被打开了一扇窗。他好像是从这一天开始，才真正认识了这个国家和这个民族。他既没有征收马家的土地，也没要邱爷的土地。

开拓团没啥大事儿，竹下有很多时间去拜访邱爷，跟邱爷下棋。

双方都有输赢。竹下受邱爷点拨，棋艺长进很快，俨然已经步入一流棋手的境界了。这时的霍二龙已经消除了对邱爷的误会，邱爷跟竹下对弈的时候，他一般都在现场观棋。

因为竹下的关系，和邻近几个县城相比，苇子沟的水稻种植面积最小，收成也不理想。到年底开拓团总部下来追责，以竹下玩物丧志不作为为理由免除了他的部长职务。

竹下走了。

邱爷骑着马一直撵到横头山下的苇塘。但见成片的苇子经秋风一吹，窸窸窣窣地响着，而芦花白得跟梨花似的在苇塘的上空高高地飘着，邱爷的马快，仿佛是被成千上万的芦花托着来到竹下的跟前。

竹下听到马蹄声知道一定是邱爷到了，他赶紧从斗子车里出来感激地看着邱爷。

邱爷问竹下，你不会怪我吧？

竹下说，你可千万不要这么说，是你的为人，让我更加懂得中国，明白了这场战争。我很惭愧。如果你不嫌弃我是日本人，就请收下我这个徒弟吧！

邱爷笑了，然后说，其实你早已经是我的徒弟了。

致　敬

也不知过去多长时间了，迷迷糊糊的，芦生强撑着受伤的身体想坐起来，他陷落在茂密的苇塘里，被坚挺的苇叶儿刮擦着，像是有虫子在他的脸上爬过。

芦生看见一丛一丛的苇子齐刷刷地立着，在他身边摇晃甚至是旋转。芦生的心里一阵感动，看见苇子亲切地护卫着自己，他心里好像忽然生起一股强大的力量。

此时，芦生是看不见整个苇塘的，但他心里却有一片芦苇扯天连地地不屈不挠地向上生长。在他的心里，芦苇是有灵魂的，他的每一名战士都是芦苇。

芦生已经有两天没进食了，只好伸手捋下一枝芦花塞进嘴里，然后又迫不及待地拔起一棵芦苇吮吸着苇根儿上面的潮湿。他不知面对着敌人的搜索，自己是否还能走出这片苇塘，但战士们已经突围，他们抗联的后续力量是完全可以打赢这场战争的，想到这，他欣慰地笑了。

芦生的思绪很快回到现实，他现在已经是一位将军，而且那场战争也已经结束了，但他的心里痛，为那些牺牲的战友，也为那些被小鬼子践踏焚毁的苇子。他这次回来带了两卡车的苇苗儿，他的战士们正在热火朝天地把苇苗儿栽进苇塘。他眼前的苇子一片青绿，好像浮在海面上一样来回晃动，像是迎接他这个亲人归来一样，让他的心里激动不已。此时他的眼里只有苇子，似乎苇子已经成为他生命的全部内容。

一名小战士稍不注意把一根苇苗儿弄折了，他心痛得立即弯腰把苇苗儿拿在手里，决定还是把关于苇子的故事讲给他们，让他们更多地了解那场战争。

芦生的支队是不满编的，由于战争的残酷性，部队减员严重，他们一直在扩编，可部队从来也没满员过。那次他们到苇子沟来执行任务，除了筹备粮食，更主要的是想招收一批战士。苇子沟的群众基础比较好，他们支持抗联的工作。也不知敌人是怎么得到的情报，他们刚来到横头山脚下便遭遇了讨伐队和伪警察的埋伏。

芦生的支队只有一挺捷克式的轻机枪，还是经过几次修理勉强能使用的，再就没有重武器了。敌人占据着地理优势和武器优势，想一口吃掉芦生的支队，他们在一轮强烈的炮火下，向支队发起冲锋。芦生只好带着战士边打边撤……后来为了保存实力，芦生只好带领一个中队掩护，让其余的两个中队突围。

芦生跌跌撞撞地进入苇塘，他回头一看，一个中队的战士都牺牲了。苇子在秋风里摇曳发出扑簌簌的微响，一片土黄遮住眼帘。芦生心痛，他想象着一个一个倒下的战士，倒在他面前的那一副副青春的面孔永远地在这片土黄色的苇塘里定格……而每一棵苇子坚挺地立着，又好像他的那些战士依然活着。因为激动，一颗泪珠儿滚落下来，他依稀看到自己面前无数的战士都重生了，都神色坚毅地盯着自己。

小李刚刚过完十八岁的生日，一张稚气未脱的脸上不但充满青春活力，而且还有对明天的美好希望。芦生从前排走到后排，再从队前走到队尾，仔细地审视着每一名战士，为他们整理军帽军容。因为他知道也许执行任务回来，他们已经有人不在了，再想看他们只能靠自己的记忆了。他走得很慢，经过每个战士面前，都像在经历一场痛苦而又沉重的跋涉。他是这支部队的军事主官，不仅要关心爱护他们，还要对他们的生命负责。

讨伐队和伪警察准备搜查苇塘了。即便这个苇塘占地面积足够大，足够耗费他们的时间，芦生被搜出来那也是迟早的事儿。因为他身上已经有三处枪伤，又连续两天没吃饭，他一个人无论如何也是无法脱身的。

他半卧在苇塘里，小臂上流出的鲜血已经染红了他身边的苇子，他在想要不了一个时辰，敌人肯定会搜到这里。他面对的只能是被俘，他后悔没给自己留一颗子弹。芦生看了一眼身边的苇子，心里有了主意，他用尽全身的力气薅了两根苇子，做了一个绳套然后套进自己的脖子。他想要结束自己的生命，可他精疲力竭再也没有力气了。

忽然一连串几声炮响，苇塘上空立即飘起了浓烟，芦生立马明白敌人这是嫌苇塘太大不想再为他浪费时间而动用了燃烧弹。他反而不那么纠结了，能死在苇塘，和这些苇子在一起，对他而言也许是这场战争对他的恩赐。只可惜他再也看不到他的那些战友了。他索性让自己仰卧在苇塘里，做出最舒服的姿势。浓烟的密度越来越大，已经能感受到一股一股的热气流向他涌过来……天光也开始暗淡。要不是那场突如其来的大雨，他真的已经葬身火海了……

身后
的人

芦生说，现在我们胜利了，可你们有谁能理解一个老兵对苇子的感情。在你们看来它是一棵草，可在我心里它和人一样也是有感情的，在那个特殊的年代，我们有多少战士靠它的掩护逃避了敌人的追捕……我们欠苇子沟的太多了！

一连的战士先是凝神看着芦生将军，听将军的故事，待故事讲完了，他们的目光都朝向苇塘。

一棵一棵的苇子迎风而立，层层叠叠掀起一排一排的绿色波浪。芦生将军神色凝重地缓缓举起右手，跟着，一连的战士都把手举了起来。

锄　奸

九一八事变后的 1933 年的一个春天的上午，李牧臣一副修鞋匠的装扮，坐在苇子沟中街大戏院对面的一家小酒馆旁。

春日的阳光漫过青色瓦片的屋脊，照在李牧臣那张冷峻僵硬的脸上。

坐在阳光下的李牧臣，把一只圆头布鞋套在铁脚鞋撑上，用小铁锤佯装敲敲打打，眼睛不时地盯着对面大戏院。间或，李牧臣用手摆弄脚前那些泡棉、碎皮、皮坯、绱鞋锥子、桃胡钳、锉刀等修鞋的一些用品。少顷，李牧臣停止摆弄，直起腰，右手伸进帆布围裙里，按了按腰间的匣子枪。

李牧臣是苇子沟抗日联合大队的支队长，今天进城是来执行抗日联合大队总队长交给他的一项特殊任务。

那天，总队长赶到支队的宿营地，很严肃地对李牧臣说，派你进城，是让你除掉一个女叛徒。这个女叛徒一天不除掉，我们的抗日斗争的损失是不可估量的，因为这个女叛徒掌握了很多我们宾州城地下工作人员的情况。

最后，总队长又嘱咐他说，这个叛徒无论是你曾经的战友，还是你的亲人，你都不能手软，必须一枪毙命，因为保护她的特务们，不会给你第二枪的机会。组织上为什么会选择你去？因为在咱们抗日联合总队，再也找不到像你这样的神枪手了，别人完成不了这个任务。

李牧臣对总队长说，队长放心，我一定完成任务！

内线情报说，女叛徒今天上午要到大戏院看一场戏。

戏院门前人来人往，李牧臣依旧是一张冷峻僵硬的脸，右手再次按了按腰间的匣子枪。

约莫一支烟的工夫，女叛徒便被七八个穿着黑色短褂、挎着匣子枪的特务，前呼后拥地从街东的浴生堂方向向大戏院这边走来。

有两个脚快的特务，先跑到大戏院这里，大戏院的两扇红漆大门，便被徐徐推开。

路上行人的影子，在阳光里歪歪斜斜，矮粗或细长，有些变形。

女叛徒走过来时，李牧臣大吃一惊，原本僵硬的脸猛地抽动了几下。

女叛徒竟然是李牧臣的妻子。李牧臣忽然记起妻子是爱看戏的人。

李牧臣看到妻子挺着个大肚子，趔趔趄趄地走着。

李牧臣心里清楚地知道，他和妻子的孩子就要出生了。

瞬间，李牧臣脑海里闪现和妻子数月前的最后一次见面。

妻子告诉李牧臣，组织上派她去城里执行新的工作任务，可能很久不能见面，也可能等孩子生下来才能见面。

李牧臣问道，什么任务，这么久？

妻子回答，无可奉告，这是组织纪律。

想到这里，李牧臣按在腰间的手松了下来。

李牧臣看到妻子臃肿的背影，妻子被特务们拥进了戏院，两扇红漆大门迅即关闭。

李牧臣下嘴唇被牙齿咬出的暗红色血液滴在了下巴上。

李牧臣收拾妥当修鞋工具，背起，步行出城。

路上，李牧臣想起总队长嘱咐他的那些话，由此推断，总队长早就知道女叛徒是谁了，否则没必要提醒他那些话。

李牧臣赶到城南抗日总队秘密营地时，天光已暗淡下来，一抹夕阳如画儿一样挂在天边，树林间的叶子被夕阳涂抹得一片金黄。

横头山下的一条岔路口，总队长和政委正坐在一块大石上，等待李牧臣的归来。

见面，李牧臣把头低了下来，总队长，我没有完成你交给我的任务。

总队长听后，忽地站起，质问李牧臣，为什么没完成任务？

李牧臣说，因为她肚子里有我们的孩子，快要生了！

总队长听后，拍了身边一棵树的树干，抬头仰望了一下树梢，问，她有孕在身？

李牧臣答，是。

政委站起来，拍一下李牧臣的肩，说，情有可原，不怪你！

组织上并没有因为李牧臣未完成任务，而给他什么处分。但后来发生的事情，却让李牧臣寝食难安。苇子沟地下交通站，因为女叛徒的出卖遭到破坏，地下工作人员连续遭到枪杀。

李牧臣很内疚，经常半夜被噩梦惊醒。

李牧臣经受不住这种折磨，他亲自找到总队长，立下誓言：

身后
的人

杀不掉女叛徒，我誓不为人！

然而，没等李牧臣再找到机会枪杀女叛徒，在与日军的一次交战中，李牧臣拿枪的右手，被日军的手榴弹炸飞了。

后来，抗联总队又先后几次派人枪杀女叛徒，都因执行者的枪法不准，而让女叛徒逃之夭夭。

这一年的晚秋时节，天气渐凉时，女叛徒把生下来几个月的男孩，几经辗转送到李牧臣的手里。

包裹男孩的被子里，有女叛徒写给李牧臣的一封信：

牧臣：

我没有想到，命运竟会如此捉弄人，我们会从夫妻，一下变成敌人。

那天，我去眼线那取情报时，被日本宪兵队抓捕。审讯室里，如果我不招供，日本鬼子就要挑死我肚子里的孩子。为了孩子，我不得不从。覆水难收，我已经走上了不归路，唯有希望你把儿子抚养成人，儿子懂事后，你告诉他，妈妈死了！

李牧臣为儿子起名钢铁，他下决心把儿子锻炼成钢铁一样的人。

小钢铁三岁那年，李牧臣不辞而别，离开抗联总队，带着儿子来到老家珠河镇。

从那时开始，李牧臣就天天早晨带着儿子，到珠河边上练枪。他自己的右手不能打枪了，但要把自己神枪的绝技都传给儿子钢铁。

除了早晨练枪外，春天，李牧臣带儿子种地；冬天，带儿子去河套上扎冰窟捕鱼。

夜晚闲下来时，渐渐长大的钢铁就问李牧臣，爸爸，我妈妈呢？

李牧臣就一次次地给钢铁杜撰，你妈妈是一位抗日英雄，在一次执行任务中，被女叛徒出卖，让日本人枪杀了。

每听至此，钢铁都握紧小拳头说，我要给妈妈报仇！

李牧臣说，要想给妈妈报仇，就必须有好枪法，必须好好练枪。

钢铁点点头。

李牧臣带儿子冬练严寒，夏练酷暑，几年下来，钢铁就成了弹无虚发的神枪手了。

1943年秋，钢铁十岁，李牧臣带着儿子进了苇子沟，在西门附近租了一间民房住了下来。

住下后，李牧臣就隔三岔五和儿子到浴生堂去泡澡，其意是暗访女叛徒的消息。

澡堂子是人多嘴杂的地方，县城内的各种消息都能从这里传出来。

李牧臣从这里听说，女叛徒现在已经是苇子沟日本宪兵队情报组一个小头目了，此人心狠手辣，坏事做绝。

李牧臣还听说，女叛徒仍没改看戏的嗜好，每周至少到大戏院看一次戏。

凛冽的秋风中，李牧臣在大戏院对面的那家小酒馆旁边，已经等候五天了。

儿子李钢铁已经明确了他们在戏院等候的意图，爸爸让他枪杀那个出卖妈妈的女叛徒。

不一会儿，有两辆黄包车停在大戏院门前，女叛徒从第二辆黄包车上走了下来。

李牧臣看得真切，立即命令儿子，钢铁，出枪！

李钢铁迅速从腰间拔出枪，手臂平行伸直，枪响，子弹直直地射进女叛徒的太阳穴。

没等特务们醒过神，李牧臣带着儿子李钢铁跑进了小巷。李牧臣事先在那里准备了一匹马，爷俩跃身上马，马就撒开四蹄，嘚嘚嘚地奔向西城门。

枪杀完女叛徒几天后的一个早晨，李钢铁告诉李牧臣，爸爸，昨晚我梦见妈妈回来了。

李牧臣听后，先是愣了一下，继而一下把已经与他齐肩的儿子李钢铁搂在怀中。

伍大郎

　　此伍大郎，非彼武大郎。此伍大郎也不卖烧饼，他是个豆腐匠，做豆腐。伍大郎做的豆腐，在苇子沟首屈一指，有口皆碑。他做的豆腐口感好，清爽滑嫩。嫩劲，弹指可破；色泽，白如乳汁。

　　伍大郎的豆腐，即使买回来隔夜再吃，豆腐的"嫩头儿"仍在。

　　这是伍大郎豆腐的一绝。

　　城里的庆升义、福源兴、德昌恒等几家大商户、栈房的老板，每天都预订伍大郎的豆腐，剩下的才能卖给街坊邻居，所以伍大郎的豆腐绝不愁销路。

　　伍大郎生下来胖胖的，长大后五短三粗，身高不足三尺，加之姓氏又与武大郎的武姓谐音，所以人们就都叫他伍大郎。

　　伍大郎做豆腐虽有长处，但短处也有，他的胆子特别小，从小到大胆子就特别小。他一个人不敢走夜路，连邻居打架他都被吓得心里扑腾作响。说胆小如鼠也不为过，因为他的胆量还不如一只老鼠呢！有一年的秋天，他曾被一只肥硕的老鼠吓得尿了裤子。

　　人们就说他的胆子都抵不上一个女人，因此人们有时也叫他胆小鬼。叫他胆小鬼也好，叫伍大郎也罢，他只是"嘿嘿"一笑，仍专心做自己的豆腐，和媳妇儿大芝经营着不错的小日子。

可不久，战事发生了。日本关东军开进了苇子沟，从此城内经常发生血腥事件。

一天，伍大郎去给庆升义、福源兴等几家的老板送豆腐，他前脚刚走，后脚就有几个日本兵闯进屋来。伍大郎媳妇儿出来应付，日本兵比画着要吃豆腐。

大芝告诉日本兵，豆腐没了。

几个日本兵不走，围住了大芝，在大芝的身上乱摸乱捏。

最后，几个日本兵把大芝撂在豆腐坊的案板上，把大芝轮奸了。

伍大郎回来后，见媳妇大芝披头散发，躺在炕上一动不动，两眼直直地望着一个地方。

伍大郎问，发生了什么事？

大芝就哭着把事情说了。

伍大郎听后，就一下瘫软坐在地上，也跟着媳妇儿大芝哭起来。

苇子沟的人知道这事后，都说，一个胆小鬼就只有哭的能耐，他能把日本人咋的？

伍大郎听人这样议论他，便默不作声。

几天后，大芝趁伍大郎不在，喝了做豆腐用的卤水。伍大郎回来时，大芝的身子都已僵硬了。

料理完大芝的后事，伍大郎也无心做豆腐了，天天蹲在豆腐坊的灶房旁，把挂在腰间的烟口袋，掏出来挂回去，一袋烟接一袋烟地抽。

给大芝烧完"三七"那天午后，几个日本兵一起死在了伍大郎的豆腐坊里。

伍大郎在豆腐里面投了毒。

伍大郎把几个日本兵的尸体掩藏起来后，当夜，他就逃出城，奔往苇子沟抗联支队的秘密营地。

伍大郎表哥是抗联战士，以前伍大郎帮表哥偷偷从城里往营地运过粮食。

伍大郎参加了抗联，在伙房给营地战士们做饭。

一晃，几年过去了。县城解放前夕，抗联总队交通员转给苇子沟抗联支队一份重要情报，让支队安排人务必在两天之内，把这份情报送到城里的抗联地下交通站，并再三强调，这份情报对解放县城有至关重要的作用。

支队长接到情报，经过左筛右选，立即派了一位有传递情报经验的老交通员去送，同时还派了两个抗联战士，暗中保护交通员。

交通员把情报藏在布鞋的夹层里，在快要接近县城南门关卡时，交通员发现，关卡这里增加了值岗的人数，进城的人排起了长队，等待伪军挨个搜查。今天的搜查比往日严格几倍，被查的人要脱掉鞋和衣服，只剩下里面的短裤。女的被安排到城门边上的屋子里，由女伪警搜查。

交通员看到这里，暗想：这不几乎是等于"净身"搜查了吗？他觉得情况不妙，便掉转身往回走。

关卡的伪军发现了，便对交通员大喊，站住，不站住开枪了！

交通员听到后，立即起步飞跑。伪军在后面追了会儿，打了几枪，见追不上了，就放弃了。

交通员回到营地，把城门关卡的情况，向支队长作了汇报。

支队长一下子愁眉不展，陷入焦急之中。

伍大郎从表哥那里知道了这个情况，便找到支队长，主动请缨，要求去送情报。

支队长上下打量一下这个五短三粗的伍大郎，未免在心里暗笑一下，但随即又想到，人不可貌相。

支队长就问，你有高招能把情报送到城里？

伍大郎说，有。

支队长笑了笑，一直皱着的眉头舒展开来，对伍大郎说，你讲讲看。

伍大郎把腰间的烟口袋拿出来，把烟袋锅塞满烟，不紧不慢地点着烟。他吸了口烟后说，送情报不能用老招了，鞋底放条子不中用了。我刚开始做豆腐时，经常给伪军的营房送豆腐，和伪军们没少打交道，对他们的脾气和德行了如指掌。

伍大郎又吸口烟，把腰间的烟口袋拿出来，在支队长眼前晃了晃，说，我只需要十块大洋，放进这烟口袋，这事就成了。

接着，伍大郎似怕被人听见，和支队长耳语了一番。

支队长听后，竖指称赞。

末了，伍大郎又向支队长请求给他派两名身手过硬的"保镖"，暗中听他调遣。

一切准备妥当后，伍大郎出发了，两名"保镖"和他保持着适当的距离。

县城南门关卡那里，进城依然排队，等候"净身"搜查，盘查非常严格。伪军搜到了伍大郎这里，伍大郎从容淡定地接受搜查。伪军先搜一遍伍大郎的上下衣，然后又除去伍大郎身上的衣服，仔细检查，什么都没发现，之后，伪军值岗的一个班头儿，拿过伍大郎的烟口袋，指着说，这十块大洋哪来的？

伍大郎毕恭毕敬地回答，报告长官，这大洋是我从南窑石场那扛了两个月的石头挣来的。城里捎信来，媳妇儿病了，我回城给媳妇儿治病。

班头儿拎着烟口袋上面的绳，向上提了提装着十块大洋的烟口袋，说，治你娘的狗屁病，我相信你的鬼话才是傻子！就你这小鸡巴个子，能搬动大石头？不是进城买枪想造反吧？非常时期，就得非常管制，你这十块大洋充公了。

说完，班头儿就把装着十块大洋的烟口袋装入自己的下衣兜里。

伍大郎哭咧咧和班头儿争执了几句，班头儿说，咋的？不服呀？不服连你人都扣了！还不快进城看你媳妇儿去！

伍大郎听后，吓得迈着碎步，急忙向城内方向走来。

伍大郎和两名"保镖"通过了南门的关卡。

"保镖"凑上前问伍大郎，情报呢？

伍大郎用手势示意他俩住嘴，让"保镖"随自己在南门不远处的一条街口候着。

一袋烟的工夫，就见那个伪军班头儿，哼着小曲颠着快步，向城里走来。

班头儿走过去后，伍大郎和俩"保镖"在后面跟着。走了几条街后，班头儿直接走进了庙胡同的一家赌馆，伍大郎让俩"保镖"在门外等着，自己随即跟入赌馆。赌馆的人很多，班头儿挤到赌桌前，从下衣兜里掏出那装着十块大洋的烟口袋，倒提着把十块大洋倒在赌桌上，然后顺手把空了的烟口袋，往身后一扔，正好被站在班头儿身后的伍大郎接个正着。

伍大郎把烟口袋揣入兜里，借着小个子优势，从人群里泥鳅一样钻出来。他和俩"保镖"快步来到城东醉八方酒行的地下交通站，把烟口袋拿出来，找来大头针挑开夹层，把情报拿出来，交给了苇子沟交通站的负责人。

负责人问，这情报是怎么过卡的？

伍大郎就把事情前后经过讲了一遍。

负责人听后哈哈大笑，然后说，你这虽是险棋一着，倒也说明你这个同志有些鬼点子，是个人才。不过，我也有疑问，假如那班头儿不去赌馆，你怎么办？

伍大郎回答说，这就是我要求带两个身手过硬的"保镖"的原因，他如果不去赌馆，去任何一个地方，我们都会用武力抢回。

几天后，苇子沟抗联总队和几个支队之所以能顺利攻下县城，伍大郎送出的这份情报起到了至关重要的作用。

攻下南门那天，伍大郎看见了那个伪军班头儿，和几个伪军抱头蹲在路边上。伍大郎在班头儿面前走过时，班头儿看到了挂在伍大郎腰间的那个烟口袋，又抬头看了看伍大郎，一时愣在那里。

刘小脚

这是爷爷讲过的一个故事。

那时，日军已占据了苇子沟。

刘小脚在县城的裕生堂，给王爷跑事。

刘小脚自小失去爹娘，是吃百家饭混大的。十六岁后，就到裕生堂的王爷手下，给王爷跑起事来。

刘小脚已经十八岁了，个子矮不说，单说那双脚就小得出奇，比正常人的脚小了一半，跟八岁娃娃似的。

故此，人们就都叫他刘小脚。

因为脚小，刘小脚走路的姿势就和企鹅似的，一蹦一蹦，看着挺好笑的。

刘小脚给王爷跑事，主要是在县城内跑。王爷交往阶层里的人，谁家婚丧嫁娶，谁家老爷的生日，都由刘小脚随王爷前往，再由刘小脚去"押宝"的房里奉上银两。

王爷给日本人送礼，也带着刘小脚去。

再就是王爷自家有事，挨家送帖子的事，也由刘小脚一个人做。

刘小脚的脚虽小，人却很勤快。如遇到当天没有跑差的事情时，刘小脚就不用王爷吩咐，去后院帮雇工劈柴担水。

王爷见后，就露一脸的笑颜，拍着刘小脚的肩说："小脚，好好干，王爷不会亏待你的！"

王爷还说："小脚，等过几年，王爷帮你讨个老婆。"

这时的刘小脚，就女人似的羞着脸低下头……

不知从哪一天开始，刘小脚发现王爷家经常来一个陌生人。陌生人每次来都神色诡秘，和王爷在客室里谈着什么。

开始，刘小脚没太注意这个陌生人。后来刘小脚注意起这个陌生人，是因为这个人的行动怪异。

一天傍晚时，陌生人匆匆而来，好像有急事找王爷。

见到王爷，便和王爷走进客室。

刘小脚就躲到客室的窗前，偷听陌生人和王爷的谈话。

陌生人说："苇子沟抗日大队，明天配合珠河游击队攻打刘家屯的鬼子据点。大队现在已经出发，今晚夜宿驼腰岭。我们把这情报告诉日本人，叫日本人派兵去包围驼腰岭，趁抗日大队熟睡之际一举歼灭。这回，你我就发大财喽！"

王爷问："这情报准确吗？"

陌生人说："我敢拿脑袋担保！"

"好！"王爷站起，和那陌生人匆匆离去，向日本人报告去了。

刘小脚就想：王爷他娘的真怪，不帮自己人，却帮起日本人来了！

刘小脚又想：王爷怪，我可不怪，我要帮自己人。

刘小脚回屋穿上短褂，走出王爷的宅院后，便快步如飞地奔往驼腰岭。刘小脚要抢在日本人赶到之前，把日本人要歼灭抗日大队的消息，报告给抗日大队。

刘小脚的两只小脚，在公路上如车轮般快速地飞转着。刘小脚跑到后来，就不是跑了，如脚下生风，神助似的，竟然在公路上好像飘飞起来……

一个半小时的时间，刘小脚跑完了三十多公里的路，把消息报告给苇子沟抗日大队队长。

抗日大队就迅速转移了夜宿的地点，使日本鬼子赶到驼腰岭时扑了一场空。

据说，那天夜里刘小脚的一双小脚，跑得比那日本人的汽车轮子还快了二十分钟。

从那以后，刘小脚就留在了苇子沟抗日大队，当了一名交通员。

当时，刘小脚夜跑驼腰岭报信，成为美谈在苇子沟的老百姓中传颂。

故事讲完后，我对爷爷说："一双小得出奇的脚，竟能赛过日本人的汽车轮子，这事真神奇！"

爷爷说："那都是叫日本人给逼的。抗日那会儿，什么样的神奇事情都能发生。"

我说："这我相信。"

温　暖

　　母亲病了，病得很重。她的喘息像风箱一样无时无刻不在提醒儿子长锁。

　　赶上这兵荒马乱的时候，眼看进腊月，家里只剩下一袋苞米。长锁早起简单地打扫了一下院里的积雪，回屋看一眼父亲，父亲正搁那儿无奈地瞧着母亲。长锁只好出屋。天空黑沉沉的，前街传来了摇动辘轳吱吱嘎嘎的声音，让这个村庄更加苍凉和寂寥。

　　连着走了几家，都是平时和长锁家来往比较密切的，但谁家都没钱借给长锁。他失魂落魄地走进院子，他不想进屋也不敢进屋，因为母亲的病真的不能再耽搁了，他怕听见母亲没完没了的喘息声，更怕看见母亲蜷卧在炕上痛苦的样子。

　　长锁卷了一根烟抽，院外的柳树上落着的麻雀不知死活地叫着，让长锁格外心烦……

　　村南不远处是一片苇塘，长锁手里拎着刀来到苇塘撒眸一圈儿，往手上哈一口气，然后开始割苇子。

　　苇子太密实又经了霜冻，所以哈腰的工夫，成片的苇子便倒在长锁面前，他把苇子捆好背在身上准备回家。要是父亲和他一起动手，用不了半天时间，他们就能编成一领席子。现在离大年时间也不算远，要买席子的人一定很多。

　　父亲好像算准了他出来干啥，老早地便候在村口。他一看父亲那张黑着的脸，赶紧把苇子撂在地上，他嗫嚅着要和父亲解释。父亲用手一指苇子说，你要是我儿子，赶紧把苇子给我送回去！

长锁说，爹，是，这苇塘是给抗联藏身用的，可现在我娘病成这样，我们总不能看着她受罪，再说我只割一捆，又不多。

父亲说，别说一捆，半捆都不行，合着你今儿割一捆他明儿割两捆的，那这片苇塘早晚都会被割光，我们不能开这个头儿。

长锁知道再说啥都不好使，只好不情愿地把苇子送回苇塘。

母亲的病似乎更重了，憋得半天也喘不上气来。父亲挓挲着双手不知如何是好，长锁看着父亲，心里都是对父亲的埋怨。

正在这时，村长来了，和村长一起来的还有抗联的一名女医生。

村长说，正好抗联到咱村来筹粮，我就把嫂子的情况给他们说了，赶紧让医生给看看这到底是怎么了。女医生从药箱里拿出听诊器，按在长锁母亲的胸前听了一会儿，神色和悦地说是肺部感染，不碍事儿。

长锁母亲服了药打了针，喘息的声音明显减弱了。长锁非常感激地看着女医生，挓挲着双手赶紧到灶房用仅有的两个鸡蛋，给女医生打了一碗蛋花汤。女医生一口也没吃，而是都喂给了母亲。父亲和长锁看到这一幕，面面相觑地谁也没说话。两个人在灶房里抽着烟，已不像刚才那样焦躁了。

女医生一直守在母亲跟前没有走。她用手摸母亲的额头，又用听诊器去听母亲胸口。长锁惦记母亲的病情，趴在门缝上，他怎么看母亲的病情都不像她说的那样轻松。又过了一会儿，村长和一个看上去像抗联领导干部的人来了，两人进屋也不知和女医生说了些啥，女医生指着炕上的母亲连连摇头。他们说话的声音很小，唯恐被长锁他们父子听见。

他们走后，女医生把长锁叫过来，让长锁赶紧给弄一瓶烧酒，她的医用酒精没了，他母亲现在烧得很严重，必须给她降温。

父亲走了好几家都没有烧酒，最后只好到村长家。村长正陪着抗联的领导吃饭，看来他们除了军民的关系还有一层朋友关系，只见桌子上摆着盐卤黄豆和土豆丝，村长正在给抗联领导倒酒。

一瓶酒两人一口没喝都给了父亲，父亲不好意思，连连说着感激的话。抗联领导说，要说感激我得感激你们苇子沟，要是没有你们的支持，我们怎么去打小鬼子啊！

女医生用酒给母亲搓头，搓完头以后搓胸口，然后是搓脚。她用一瓶烧酒几乎搓遍了母亲的全身。整整忙了半宿，母亲的体温终于降下来了，之后，母亲呼吸平稳，居然睡着了。

女医生长长地吁一口气，开始把东西装进药箱。

长锁要给女医生做饭，他在灶房里绕晃半天也只有苞米面，没有办法他只好熬两碗粥。

女医生看着长锁笑了，她说，你怎么知道我愿意喝苞米糊糊呢？

长锁知道女医生是在安慰自己，所以脸上就有了泪痕。他想说谢谢女医生救了他母亲一命，可又觉得这太轻了说不出口。

天光放白的时候，抗联领导来接女医生。父亲挡在长锁面前搓着手要说话，可又不知说什么好。

抗联领导说，你家的情况村长都跟我说了，为了抗联，你不让儿子去割苇子，这就是你的不对了。打鬼子固然是大事儿，可再大也大不过命啊！

父亲说，小鬼子打不走，命再大也扛不住这些畜生的残害。

长锁跟着抗联领导走了。

秋 月

黑驴脖子上的铜铃铛哗啷哗啷地响，脆生生地格外悦耳。

秋月骑在驴背上看着苇子沟西北郊的苇塘，满眼都是笑意。她结婚的时候，凌山骑在马背上，她坐在轿子里，他们经过苇塘的时候，苇子还是绿的呢，现在苇子都黄了，而苇花也白了。

时间过得真快，凌山在苇子沟学徒十天半月也不回家，她经常想起他把她从轿子里抱出来，看她的那火辣辣的眼神儿，想到这些，她难免有些羞涩有些不好意思，又有些抱怨凌山。好在她现在怀孕了，有了凌山的孩子，等孩子生下来以后，即使凌山不回家，她也不那么寂寞了。

女人最幸福的时刻不是和相爱的人守在一起，而是怀了他的孩子，秋月这种感觉最强烈了。她在娘家仅仅住了两天就回来了，她怕凌山提前回来看不到她而为她担心，关键是她想告诉凌山，最近她总想吃酸东西，按照民间的说法，没准儿她会生个儿子。凌家三代单传，她没让凌山失望，给他续上了血脉。她渴望凌山趴在她的肚子上倾听，和他没见面的儿子说一句话……

毛驴经过苇塘，窄窄的小道上有蜻蜓和鸟儿被惊起，一派喧闹的场景，让秋月忍不住伸手去够路边的苇花儿。也就是在这时，她听到了一声呻吟，若有若无的，很轻，在铃声的干扰下，她只好从毛驴上下来，这回她听清楚了，的确是有一个人在呻吟，而且像是一个男人。

秋月想，谁会来这苇塘里？她立马想到了凌山跟她说过，他前几年路过苇塘救了一个抗联战士。事情还真凑巧，她觉得重复地去做一件好事儿，也许正是她遇见凌山的缘分。

抗联战士的大腿中了一枪，流了很多血，他看见秋月过来有气无力地笑了。

秋月说，哎呀，这怎么办？她看着抗联战士的伤口有些害怕。抗联战士说必须想办法把子弹取出来，要不然时间长了会感染的。秋月只好从随身携带的口袋里取出一把剪刀，说，我爹刚给我磨的，快着呢！

抗联战士告诉秋月他实在没有力气，要她帮忙。

秋月很为难地看着抗联战士，她一个女人哪见过这样的场面啊！别说是给男人动刀子，就是杀一只鸡她吓得都要闭眼睛。

抗联战士鼓励她说，我不怕疼，你只当我是一块木头。

子弹是取出来了，秋月像是虚脱一样大汗淋漓地坐在苇塘里。

抗联战士连声说着谢谢，并且告诉她，他是抗联独立大队的战士，名叫金树。秋月也立即说了自己的名字，并且告诉金树，此前她男人也救过一名抗联战士。

金树的伤口很大，尽管他竭力地克制，说话的时候还是下意识地呻吟，他有些不好意思，许是为了说明他不是孬种，他给秋月讲起了抗联的故事。

秋月听得很入神，当金树说到自己的战友为了救他抱着敌人滚下山崖，秋月再也忍不住地哭了……

金树也哭了。

秋月说，你这身上有伤也走不了，你愿意跟我回家养伤吗？见金树没吱声，她又说，我家离这里不远，但我现在不能带你回家，白天人多嘴杂的，我怕不安全。

金树说，秋月姐姐，谢谢你给我治伤，可我不能拖累你啊！

秋月说，你们连死都不怕，我还怕拖累吗？

回到家里已经到了做晚饭的时间，秋月在屋里撒睄一圈儿，并没有凌山回来的痕迹。她有些累了，仰躺在炕上用手去摸自己的肚子。这也许是她此生最幸福的时光，凌山在等着她，而叫金树的抗联战士也在等她。

不知为什么，秋月忽然想到要是凌山也参加抗联，那该多好，说不准今天救的就是凌山了。想到这里她赶紧起身给金树烙饼，面是上次凌山带回来的，还剩两碗。

天黑了，正好是满月，村里的街道被月色照得白晃晃的，秋月手里拎着烙饼走在村街上。她小心翼翼地出了村子，在眼看要接近苇塘的时候，前面忽然出现一队伪警察。他们一律穿着黑衣服，手里拎着枪，好像是在商量着什么。

秋月立马意识到，他们肯定是奔金树去的。金树现在腿上有伤，即使知道危险也走不了。

她和这名抗联战士也只有一面之缘，此前他们并不认识，但金树的名字好像忽然就刻在她心里了，她想保护他的那种感觉十分强烈。

秋月不假思索地向金树藏身苇塘的相反方向跑，声音惊动了伪警察，他们循着声追过来。秋月继续跑，向另一片芦苇荡跑过去。

月色下芦花飞扬，秋月的身影在芦苇丛里时隐时现，跟海面上跃起的银鱼般一闪而过……她的身后很快响起了枪声。子弹划破夜幕，也划伤了月色，秋月还没来得及去看今晚的月亮，她已经被枪声追着跑到了苇塘的深处。尖利的苇叶儿刺向她的脸。

一颗子弹不偏不倚地打中了秋月的后背，她双手护着肚子，轻轻地倒下去，唯恐伤到腹中的胎儿。

翌日，1945 年 8 月 15 日，日本昭和天皇以"终战诏书"的形式，对外宣布无条件投降。

再过两天，就是秋月二十岁的生日。

女　盗

抗日战争时期，在苇子沟的卧虎岭、驼腰岭、马家店一带，经常有女盗出现。

女盗不盗穷苦人家，只盗附近居住的大户人家。行盗时，不盗金不盗银，只盗这些大户人家的膘肥壮马。

女盗不盗穷苦人家，便深得苇子沟老百姓的心。

君子爱财，取之有道。女盗虽然取的是不义之财，但在苇子沟没有引起民愤。

苇子沟的一些穷苦人家，平常受尽了那些殷实人家的剥削，因此就很解恨地想：女盗一定是天神派来替穷人解气的，盗得好，感谢天神！

那些大户人家，马匹被盗了又买，买了又被盗去。大户人家的脑袋并不都是笨壳，就想：这样颠来颠去，等于白白把马匹拱手送给女盗一般。

回味过来后，大户人家就各自加固自家的院门并修垒高墙，购买枪支弹药，增加守夜的更夫。

然而这些大户人家的亡羊补牢措施，也未能阻挡住女盗的夜间光临，女盗仍频频得手，每次来都能把大户人家新购置的马匹洗劫一空。

掌柜的就愤怒地询问守夜的更夫："为什么没有看住马匹？"

更夫就对掌柜的说："看得住吗？"

接着，更夫就对掌柜的描绘出一幅惊心动魄、具有传奇色彩的画面来。

女盗每次来，都是在夜半以后。女盗好像能呼风唤雨，每次来前都有一阵大风发作，接着便有女盗从高墙上"嗖嗖"地跃下。刚开始只有两三个女盗，后来就有十几个一色青衣的女盗，把你团团围住，你拿枪的手就好像被她们施了什么魔法，怎么使劲也动弹不得了。

然后，大门处红光一闪，大门便徐徐而开，青衣女盗跃上马背，便随着渐远的马蹄声，消失在漆黑的夜幕之中。

大户们听完更夫的叙说后，就更胆战心惊了……

后来，青衣女盗夜闯深宅盗骡马的事，被越传越远，越传越神，以至被传成青衣女盗个个是飞檐走壁、来无影去无踪的江湖女侠了。

大户们闻此，更坐立不安。

于是，大户们便坐在一起，商量计策。

最后大家一致同意，备上银两，去县城的伪警署，叫伪警署派人缉拿女盗。

伪警署接案后，便派探子到各大户的家里"蹲坑"。蹲了好长时间的坑，也未见女盗出现。探子们无奈，只好打道回府。

伪警署便又生出一计，派大批探子到县城及各镇的马市寻访，但寻遍马市，也未见到那些大户被盗走的马匹。

伪警署和大户们心里便疑惑了：这些女盗盗走马匹不转手卖掉，又有何用呢？吃马肉？也不能吃那么多呀……

身后
的人

这个谜一直到苇子沟抗日大队攻打县城的那一天才解开。

那天，县城的城门前，硝烟滚滚，枪声阵阵，子弹在空中"啾啾"地叫着……战斗正激烈之时，突然，城门外尘烟四起，尘烟中冲出来六十多匹马组成的马队，呼啸而来。

六十多匹马的马背上，坐着六十多名青衣女子。青衣女子手持大刀，或长矛，或长枪、短枪，以腿代鞭，快马飞来。

城门处的伪兵和日本鬼子，被青衣女子马队的这阵势，吓得丢了魂似的，扔下枪便向城里逃去。

抗日大队趁慌乱之际打开城门，冲进城里。

青衣女子的马队也随着冲进城里。

一阵短兵相接的拼杀后，县城终被抗日大队和青衣女子的马队夺下来。

战斗结束后，苇子沟抗日大队队长握着女盗之首冯女的手说："谢谢你的合作，我要向司令部为你请功！"

冯女说："谢我什么，咱们本来就是一家人。"

后来，青衣女子的马队被赵尚志所领导的珠河抗日大队收编，扩编为女子骑兵团，在与日军的多次交战中，屡建战功。

宋大脚

叫他宋大脚一点也不屈，他那双脚特大。

娘给他做鞋时，就骂："咋就生出这个怪种，累死人！"

骂归骂，娘依旧给他做鞋。宋大脚穿着娘做的鞋时，就对人说："看，俺娘做的针线活多好！"

那时，宋大脚是个车把式，给苇子沟的大户刘富元家赶车。宋大脚甩鞭子的准头在苇子沟是出了名的，说抽你的眼睛，就绝挨不上你的鼻子。

据说，宋大脚还能把鞭甩出各种不同的声响来。

刘富元家的大小姐水仙，就着魔般地迷上了宋大脚手中的那根鞭。

水仙在家受宠，提出万般事家中也万般依。水仙就拜宋大脚为师，宋大脚也就常常带着水仙到户外教她甩鞭。

宋大脚是极乐意教水仙甩鞭的。他手把手地教，肩挨肩地教。当他那双粗糙的大手，一触摸到水仙柔软的嫩嫩的小手时，心就颤颤地急促地跳跃。

这是宋大脚头遭碰到女人的手。

这是宋大脚头遭这么近地闻到女人身上的气息。

这是他心底头遭涌出一种说不清道不明的很美的感觉。

一日，黄昏扯落日头，本来很静寂的苇甸子被宋大脚的"嘎巴嘎巴"的鞭声弄得像过年般热闹。

水仙在一旁看得直了眼，看得开心地乐。

鞭梢溅起灰灰的尘土，宋大脚仍狠命地甩。甩累了，就坐下来歇息，就一声不响地想心事。这时，水仙就靠过来，身子软软的，宋大脚就涨红了脸。

水仙扯过宋大脚的手，将他的手放在自己的小手上问："大脚哥，这手震得疼吗？"

水仙的声音也软软的，像水。

"不疼。"

之后就无话。

水仙就用她的小手摩挲着他的大手。

宋大脚觉得脑袋像蜂窝，心像火球子，把个胸脯烧得火烫火烫，呼吸也急促起来。他突然反握住水仙的小手，问："水仙，我娶你，行吗？"

水仙不语，羞羞地低下头，一脸的夕阳色。

宋大脚就一下把水仙揽在怀里，那双甩得一手好鞭的大手，笨拙地解着水仙的衣扣子。

"大脚哥，大脚哥……"水仙梦呓般地低语着……

后来，宋大脚和水仙就总这样缠绵。

战事一发，苇子沟就成了洋鬼子的天下。

苇子沟的人乱了，惶惶地过日子，大半年都是这么过来的。

苇子沟的刘七，老婆遭了日本兵的奸污，后又被杀死。刘七气怒之下，用刀子捅死了几个日本兵后，就去了山上做了胡子头儿。

做了胡子头儿的刘七，招兵买马，弄了枪，用真家伙专和日本人干，只打几仗，就损了三百多的日本兵。

刘七挺不住手下弟兄们的撺弄，非要弄一个压寨夫人不可。于是，一个月黑之夜，水仙就被刘七手下的人抢到山上来做压寨夫人。

初时，水仙一个劲地哭，久了，水仙也就依了刘七。

自从水仙被抢了去，宋大脚就一直恨恨地把拳头握得嘎巴响，心里发誓："娘的，狗刘七，有朝一日我非割了你！"

好多天后，宋大脚赶车进县城，听街口有敲大锣声，人也围了不少。宋大脚就握着鞭向前看，一看险些没把他惊死。咋回事？原来他看到刘七被日本兵赤条条地绑在一根柱子上，两个日本兵各拿一把尖刀在刘七的身上割着捅着。血，红殷殷地从刘七的身子上往下蠕，刘七被折磨得死去活来。

刘七真是好汉，就那样还破口大骂："我操你祖宗，小鬼子！"

日本兵就又用刀子，一刀又一刀割刘七身上的肉。在刘七的叫骂声中，宋大脚握着鞭子冲上去，只"嘎巴"几声鞭响，两个持刀的日本兵就被抽得躺在地上嗷嗷地乱叫。

边上持枪警戒的日本兵还没明白过来发生了什么事，刘七却明白了一切。

刘七眼里汪着泪，大喊："大脚，快跑，去找水仙！"

此时的宋大脚什么也不顾，只顾红着眼睛甩鞭，鞭子在日本兵身上开了花。

"哒哒哒……"一阵枪响，宋大脚摇晃几下身子后就倒了下去。

"大脚！"刘七嘶哑地喊了几声后也就一歪头断了气

这是 1940 年春天的事。

几年后的三月三, 水仙领着一个男孩去坟地给宋大脚烧纸钱。

宋大脚的坟前, 水仙哭成个泪人, 哽咽着对身旁的男孩说: "儿, ……你……要记住, 这是你……亲爹的坟, 他叫宋大脚。"

燎　原

　　莲花嘴子张子厚是个说书先生，巧舌如簧，有口吐莲花之功，人送雅号莲花张。

　　莲花张怀里总有几个泛黄折皱了的小唱本儿，时不常地，只要寻思出点门道来，就掏出一个本来，拿出红铅笔，在唱本旁边写上几个字，或者画一个旁人看着莫名其妙的符号。

　　莲花张说古道今的时候，却也并不看大家一眼，神情很是投入，而且每晚讲的故事从来不会重样。

　　莲花张不是苇子沟的人，讲话辽南口音，人们都猜他从辽宁来，还带一个十七八岁的大辫子丫头小凤。

　　刚入冬，爷俩就来到了苇子沟，租了苇子沟猎户赵大傻的北炕，莲花张天天唱三国，讲水浒，苇子沟里的老少爷们把漫长寒冷的冬夜都耗在莲花张的那张嘴上了。

　　深夜散了的时候，总有毛头小子蹭蹭挨挨地不愿意走，落在最后，往灯影儿后面看上一会儿，有时，从炕席上骨碌碌滚过来几只冻山梨，停在小凤做针线的笸箩旁，有时候从黑暗中飞来一条红头绫子。

　　莲花张装作没看见，起身去外头白雪皑皑的园子里撒一泡长尿，长叹一声，仰头看一阵北斗七星才回屋。

　　第二年开春的某一天，赵大傻去山里起套子一夜未归，回家

身后
的人

后却不见了房客莲花张，只见南炕上放着一块大洋。

莲花张爷俩走了。谁也不知道去哪里了。

上秋的时候，苇子沟里有二十多个小伙子齐刷刷地奉村长王大磕巴之命去县城修碉堡。王大磕巴因为组织得力，日本人还奖励他一项日本军官帽。王大磕巴得意得不行了，像租来的似的，天天戴着。

八月十五过后，地里的庄稼都收拾利索了，突然有一天，苇子沟那二十几个修碉堡的小伙子都不见了。一等三天，一个孩子的影子也不见。苇子沟的人就炸了，二十几个小伙子的家长就跑到村公所管王大磕巴要人，叫嚷着必是让王大磕巴这个败类把孩子们卖给日本人了。王大磕巴不承认，和大家撕巴起来，胆大的家长在混乱中抢了王大磕巴的日本帽子，扔到猪圈去了。

可是，苇子沟那二十几个孩子还是下落不明。

其中有个叫大桩的小伙子是陈寡妇的独生子，陈寡妇十八岁守寡后就守着她的大桩，可还是没拴住！陈寡妇就天天不分昼夜地哭泣、号啕。

猎户赵大傻是个老光棍，不下套子的时候，夜里听着陈寡妇刺破夜空的号啕，就很难入睡，勉强睡了也胡乱地做梦。一天，做了一个很奇怪的梦，梦见莲花张照常在自家的北炕上唱古书，先唱了个三国的故事，说的是借东风，火烧小日本儿。然后又唱水浒，讲的是武二郎景阳冈上痛杀日本小猪头。赵大傻和大家伙儿大声叫着好，结果把自己叫醒了。醒过来，他听着陈寡妇的号啕就再也睡不着了，拿起烟袋锅儿，装一袋烟抽起来，想着自己这个梦也是够怪的，谁不知道借东风是火烧曹营呢？谁不知道武松景阳冈打老虎呢？啥梦啊，这不扯嘛。

突然他想起来了——

梦里的场景不是他赵大傻编的，那是莲花张讲的啊！

赵大傻正这么寻思着，就听见苇子沟县城方向一声巨响，接着天边一片火光，烧了大半宿，把赵大傻家的窗户都照红了。

第二天，听说县城的碉堡被炸掉了，日本人的炸药库也被炸得只剩一地漆黑的灰了。

苇子沟解放后，当年失踪的那二十几个小伙子，其中有几个回到了县城，参加土改运动的前期准备工作。

其余的都随着莲花张一起南下了。

刘罗锅

这个故事是苇子沟解放好多年后发生的。

苇子沟变成了县，有县就有县长。县长姓刘，是山东人，从山东参军后到东北，最后打到苇子沟，解放苇子沟时，队伍又继续向南进发，他留了下来。

当了县长的他，心里总惦念着山东老家益都的爹娘，还有一个罗锅的弟弟。这样，他就回了老家一次，把爹娘和罗锅弟弟接到他任县长的这个县城。

到县城后，爹娘在家闲着，罗锅在街上开了个煎饼铺。

煎饼铺开张不久，罗锅的煎饼就在县城叫响了。县城人全夸："罗锅的煎饼摊得好，脆生，有嚼头！"

于是，罗锅在摊煎饼时，就更仔细精心。

县城小，早晚总能见个面，见上面就总要打招呼。县城人不知道罗锅叫啥名号，只知道他是刘县长的弟弟，于是见了面也就直呼："刘罗锅，你好！"

刘罗锅也就回应："不客气！"

刘罗锅的煎饼铺每天总有不少食客，这些食客来自各行各业，到一起免不了要谈一些本城的新闻、趣事。因此，刘罗锅知道的事情也就绝不亚于当县长的哥哥。

一段日子，刘罗锅突然听说，县长的独生子，自己的侄儿在外竟做那些夺财霸女的事情，百姓们又不敢告此恶棍，因为他们知道刘县长就这么一个儿子。

闻听此言，刘罗锅不信。后来，有几次他回家取磨碎的玉米面时，发现有几个女孩披头散发哭哭啼啼地从刘家大门跑出来。

这时，刘罗锅信了，确确实实信了。

他本想把此事对当县长的哥哥讲，可又怕哥哥气急生病，误了县上的大事，就没讲。

又有一段日子，刘罗锅总闷头吧嗒吧嗒抽那乌黑发亮的烟斗。

一日，刘罗锅没有去煎饼铺，哥哥嫂嫂去上班，爹娘去街上闲逛。

这时，侄儿从外面回来，见屋里就叔一人，便要走。

刘罗锅喊住了他："侄儿，别走，今天叔心闷着，陪叔喝两盅，咋样？"

侄儿就坐下陪他喝酒。喝了几盅后，侄儿突然心一阵绞痛，不一会儿全身就痉挛起来。

侄儿明白了咋回事，指着刘罗锅："妈的，你好狠……呢！"

说完就倒下了。

刘罗锅也倒下了。

刘罗锅和他侄儿的鼻孔里有不是好色的血慢慢流出来……后经法医鉴定，刘罗锅和他侄儿喝的酒掺有剧毒。

最后结案：刘罗锅，用毒药将亲侄儿害死。

后来，做县长的哥哥知道事情原委后，大惊，无言。

县长的公子死后，县城人都拍手称快，说："刘罗锅行，真行！替民除了一害，只可惜搭了一条好人命。"

身后
的人

不久，县城的一些人就自发地在城郊竖了一块墓碑，墓碑上刻有"除害英雄刘罗锅之墓"的字样，以表哀思和缅怀。

突　围

　　炮声和枪声整整响了一夜，曹家屯离横头山没多远，魏大脑袋已经隐隐地闻到了火药味儿。他一宿没合眼，从曹家屯通往横头山的小路杂草丛生，魏大脑袋神情焦虑地走了一遍又一遍。他是担心山顶上的抗联打不过日本人的山林讨伐队，更让他担心的是，他的小儿子魏天亮就在苇子沟抗联的独立支队，要是他有个三长两短，那他魏家可真绝户了。

　　月色隐在云层背后，天空乌漆漆的，跟墨染了似的，像是要下雨，可雨始终也没下来。魏大脑袋找了个便于观察的地方站下，他在努力地看向横头山，但夜色太暗，他只能闻到焦臭的火药味儿，连一棵树也看不清楚。

　　越是啥也看不见他心里越是担忧，双方好像是停火了，他搁那儿站着已经很长时间没听到枪声了。要说抗联没子弹他信。因为他儿子魏天亮说，他们抗联经常弹药不足，不是他们打不过小鬼子，而是没有那么多的弹药。可讨伐队怎么会没弹药呢？魏大脑袋马上明白了，他们是在等天亮再向山顶发起冲锋……

　　魏大脑袋猜得一点不错，东方刚刚发白，村子里的鸡鸣一声叠一声地响起，一层朦胧的白雾笼罩着横头山，经历一夜战火的横头山跟睡着了一样，看着安详而又让人担心。树木模模糊糊地已经露出半截身子，魏大脑袋似乎看到了在晨风里颤瑟不止的树叶。他把脖子抻得老长，把眼睛瞪得溜圆，山顶的景物都依稀可见，只是看不到他儿子魏天亮。

魏大脑袋是个很聪明的人，不会不知道以这个距离和横头山的海拔，即便是魏天亮真的站在山顶，他也是无法看到的。

魏大脑袋摇摇头苦笑着收回目光。

一发炮弹落在横头山顶，讨伐队又开始进攻了，在一阵惨烈的炮击以后，讨伐队开始向山顶发起冲锋。魏大脑袋躲在一个隐蔽处一直在观察，他是在寻求机会帮助抗联。

横头山三面临崖，只有一条路，在短时间内讨伐队要想攻向山顶，肯定是要付出巨大代价的，这一点魏大脑袋已经想到了，可关键是抗联的弹药保障令人担忧，这一点魏大脑袋也想到了。

双方的伤亡都十分惨重，讨伐队这次把抗联支队围在横头山上整整两天也没拿下来，他们要劝降，就找到了曹家屯的村长，让他出面。村长极力推荐魏大脑袋，说他如何如何对日本人忠心，让他们尽管放心。魏大脑袋正想上山，看看儿子的情况。他暗暗地感激村长，并且向日本人保证把他们劝下来。

讨伐队的日军指挥官举着望远镜看着魏大脑袋上山。

魏大脑袋走到半山腰连连摆手向山顶喊话，及至魏大脑袋爬上山顶，几名战士立即举着枪把他围了起来。

儿子魏天亮过来一看是自己爹，赶紧招呼战士收起枪。

魏大脑袋说，我是日本人派来劝降的，你们赶紧给我说，我怎么才能帮上你们？

儿子说，讨伐队要吃掉我们的支队蓄谋已久，看来你今儿是帮不上我们了。

魏大脑袋对支队长说，你们放心，我一定要救你们下山！

战士们都很感动，在魏天亮送他爹下山的时候，他们都齐刷刷地站在魏大脑袋面前，喊他爹给他敬礼。

抗联战士目送着魏大脑袋下山。

魏大脑袋下山来到讨伐队阵地告诉日本人，抗联答应投降，但皇军要先撤出阵地。

日军指挥官对魏大脑袋的劝降很不满意，他拔出指挥刀要砍魏大脑袋，魏大脑袋哈着腰猥琐地故意装作很害怕又很忠心的样子，指挥官后来还是把魏大脑袋放了。

魏大脑袋站在村前很久也没进村，他在想办法呢！这些战士，可是这支部队最后的血脉，绝不仅仅是因为儿子在这支部队，那些孩子鲜活的面容，在经历战火以后是那样坚强，他们没有一个怕死的，都是好样的，他今天必须把他们救出来。

两头老牛在院里悠闲地吃着草。这时，那头黑牤牛哞地叫了一声，甩出的尾巴打在魏大脑袋的腿上。魏大脑袋凝视着牤牛，心里一亮，从它的尾巴看向它的角，一个主意很快在他心里形成了。

可他只有两头牛，力量未免太小了，他只好去游说那些抗联的家属，再由他们出面去联系村里有牛的人家。也许是这场战争给人带来的灾难太大了，大家都想早点赶走小鬼子。完全出乎魏大脑袋的意料，他几乎没费劲儿，就把村里上百头的老牛圈拢在一起了。

魏大脑袋给老牛的尾巴都抹了松树油，然后就点着了。他在后面驱赶着老牛，老牛哞哞地叫着没命地冲入讨伐队的阵地。天黑得不能再黑了，老牛的视力很好，它们发疯了似的横冲直撞，讨伐队的鬼子宪兵只有四处逃散溃不成军了。

抗联支队借机突围了出去。

后来，魏大脑袋也参加了苇子沟的抗联。

镶牙左

苇子沟的镶牙左，原来不叫镶牙左，叫镶牙左是后来的事情了。

镶牙左原来叫左狗剩。

左狗剩小时候得麻疹，几天下来烧成个死孩子，爹就把他扔乱坟岗子了。娘惦记着儿，夜里睡不着觉，就去乱坟岗看，发现儿躺在那儿正嗷嗷地哭呢！

娘就把儿喜滋滋地抱了回来。

病好后，爹拍着儿的小屁股蛋儿，乐呵呵地说："儿命大，该着左家不断后，狗嘴里捡了条命，就叫狗剩吧。"

左狗剩八岁这年的春分时节，苇子沟流行一场怪病，爹娘全死了。苇子沟还死了很多人，而左狗剩再次躲过灾疫活了下来。

左狗剩成了孤儿。

没了爹娘的孩子苦，从此左狗剩开始东一家西一家地讨饭吃。用左狗剩自己的话说：苇子沟家家户户都吃了个遍。

苇子沟的人说：狗剩这孩子机灵懂事，眼里有活儿从来不闲着，吃饭不但看人脸色，而且净挑剩菜剩饭吃。

左狗剩吃百家饭长成了大小伙子，只是后天的缺欠没办法，他还是瘦瘦弱弱的。

长大了的左狗剩，去苇子沟王大膏药的药铺当了伙计。寄人篱下的日子终究不好过，左狗剩不爱言语，胆小怕事。一只老鼠在他面前跑过，他都要吓得大叫一声。苇子沟的爷们就都嘲笑他，说他是连半个女人都不如的男人。

左狗剩当了药铺的伙计不久，日本兵进驻了苇子沟，人们开始心惊肉跳地过日子。

临近年关，铺子里要进一些紧缺的药材。别人拖家带口事事忙，只有左狗剩光棍一条没什么牵挂。左狗剩做事又不张扬，稳当，以前跟王大膏药也去过几趟哈尔滨，王大膏药就把这事儿交给了他。

那时去哈尔滨不是一件容易的事，沿途经常有胡子出没打劫，弄不好会把命都搭上。

小年儿那天早上，左狗剩喂饱了马，套上了爬犁。

王大膏药特意嘱咐他说："把钱藏好，早去早回。"

左狗剩点点头，坐上爬犁，挥鞭"驾"的一声，马爬犁便沿着雪道一溜烟儿地上路了。

一路上，他牢记着掌柜的嘱咐，紧赶慢赶，没出什么事。

挨近韩家洼子眼瞅着快要到哈尔滨时，马突然停下，站在那儿"喷儿喷儿"地打起了响鼻。

左狗剩看过去，原来雪路上横倒着一个人。

左狗剩坐在马爬犁上没动，他朝那人喊话，那人丝毫动静都没有。左狗剩立时吓出一身冷汗，以为自己中了胡子设下的埋伏。

他使劲勒了勒马缰，想掉头往回跑，可又一想，掌柜托付的事还没办。犹豫了半晌，左狗剩咬咬牙，慢慢走下爬犁，拿起一根木棒，一步一步向那人走了过去……

家里的王大膏药急了，这左狗剩走了这么多天怎么还不回来？

有人说："莫不是拿钱跑了吧？"

王大膏药十分肯定地说："不可能！这孩子我是看着长大的，他不是那样的人。等等吧，但愿别出什么事。"

果然，十几天后，左狗剩回来了，还带回了要买的药材，只是跟王大膏药交代完这次差事后，左狗剩就离开了苇子沟。

数月后，左狗剩又回到了苇子沟。此时，左狗剩的一身行头光鲜体面，看上去很是精神干练，言谈举止间没了旧日猥琐的影子。

没多久，苇子沟就多了一家专以镶牙为主的牙所，它的主人就是左狗剩。

这在苇子沟还是独一份，相继治好了十几个别人治不好的牙病之后，左狗剩便出名了。

镶牙左的名字在苇子沟被人叫开了。

镶牙左人好，不忘本，逢年过节还不忘带着礼品去王大膏药家拜年，就是当年他吃过饭的那些人家，遇到困难他都要出手相帮。

日本人也经常光顾镶牙左的牙所。

长了，就有闲言，说镶牙左不该给日本人治牙，没骨气。

镶牙左听后，说："我是牙医，对牙不对人。"

不知从哪一天开始，日本兵营里有人陆续失踪，活不见人，死不见尸。日本人就加强了苇子沟的治安管理。夜里，日本营还增加了岗哨。

身后
的人

然而，这些都无济于事，苇子沟的人隔三岔五地就能看到日本人的人头被悬挂在东门的城墙上。

有一天，人们竟看到了四个日本兵的人头，被一截铁线串联在一起，挂在城墙上。

日本人在苇子沟挨家挨户大搜捕，结果一无所获。

一切来得似乎是那么突然，镶牙左失踪了。随着镶牙左的失踪，人们在城墙上看到了日本人悬赏通缉镶牙左的告示。

苇子沟的人这才知道，一切均是镶牙左所为。

苇子沟的人开始不无敬佩地议论镶牙左：那么胆小瘦弱的镶牙左，哪来的那么大劲儿，一个人拿下四个日本人的头呢？

苇子沟的人怎么也想不通，所以这一直是个谜。

解放后多年，苇子沟人在县志上看到这样一条记载：镶牙左原名左狗剩，1916年生于苇子沟城西门外。左狗剩在一次去哈尔滨的途中，救了珠河游击队指导员，后被发展成为共产党员，受组织派遣，到苇子沟以牙所做掩护，从事党的地下交通工作。在做地下交通工作时，暗杀日本人无数，后身份暴露撤离，转战汤旺河、小兴安岭各地，1945年在萝北县歼敌战斗中牺牲，时年二十九岁。

刘大吃

刘大吃是个赶车的，个高，身壮，一身的力气总像使不完。

刘大吃特能吃，每顿吃二十几个馒头，大碗米饭也要十几碗，方能填饱肚子。

刘大吃吃猪肉很拿手。他能把一块三斤重的肥膘肉，切成厚片子，蘸着用葱花搅拌好的盐面子，就着一瓶酒生吃进去。

刘大吃虽能吃，但不好吃懒做，这一点深得苇子沟城里的庆升义、福源兴、德昌恒等几家大商户、栈房老板的赏识。

因此，这几家大商户的老板，自家有长途贩运的活，都愿雇用刘大吃。

雇别的车老板，东家还要派跟车的装卸。雇刘大吃就省了那些麻烦。刘大吃无论被谁雇用，车上的货从来都是自装自卸，只是在结账时，多要一点赏金。但这也只是凭着东家的意思，赏多赏少刘大吃并不计较这些。

这样，在苇子沟的车老板中，数刘大吃的生意好，每天都很少有闲着的时候。

但叫人不解的是，刘大吃生意最好，挣的钱也多，却不找媳妇成家。

苇子沟做媒最红的马三婆，给刘大吃介绍媳妇也未成功。

刘大吃对马三婆说："我愿一个人过，清闲自在。"

刘大吃虽然不找媳妇，但总去逛窑子。庙胡同窑子里的香姐，几乎被刘大吃给包下了。阴雨天或闲着无活时，刘大吃就去香姐那儿和她厮守。一去就一整天一整宿的。

苇子沟的老少爷们凑在一起时，就骂着："这个刘大吃，我操他娘的真怪，有钱不说媳妇，却都填了窑子洞！"

汤爷说："这叫各有各的活法。"

马爷接话说："屁个活法，这叫败家！"

不管别人怎么说：刘大吃并不理会，只要一有空，刘大吃就去香姐那儿。

有时，从香姐那儿回来后，刘大吃就玩命般往肚里灌酒，然后红着眼珠子哈哈大笑，再然后就吼着嗓子尽情唱车老板子都会唱的《十八坡》：

过了第一坡呀

还有第二坡

妹呀你只要笑一笑

哥呀就过了第三坡

……

唱够了，就借着酒劲呼呼大睡。睡时，嘴里说着一些含糊不清的梦话，谁也听不出说的是什么。

一次，德昌恒的徐老板，雇刘大吃去老营口拉盐。在运盐回来的路上，马突然受惊，就在要到苇子沟以南的横头山附近时，马拉着一车的盐冲下山崖。刘大吃就这样结束了自己年轻的生命。

刘大吃卒年二十五岁，挺悲惨的。

德昌恒徐老板很够意思，出钱在横头山上厚葬了刘大吃。

刘大吃的坟前，香姐哭成个泪人……

后来，香姐对马三婆说："别看刘大吃总到我那儿去，其实他一次也没跟过我。"

说到此，香姐红着脸又补充说："他那个玩意儿不中用。"

身后
的人

胜利者

苇子沟以南的双狮山上，有一伙匪盗。匪盗之首胡子朋领着匪徒们，在这座山上安营扎寨以抢劫为生。

一天，胡子朋把手下的两个头目张三、李四唤到议事厅。

胡子朋对张三、李四说："眼下积存的粮饷不多了，我们不能坐吃山空。山下的探子捎来条子，说山下罗家屯的大地主罗大油匠家黄货很多，端他一下够本。"

张三和李四听后点头。

胡子朋又说："明天夜里，二位兄弟辛苦一趟，带些人去山下把罗大油匠的窝子端了。二位切不可把此事看成小事。据说罗大油匠家的四周，都垒起了土围子院墙，雇有炮手，还养着几十支枪。二位下山时，切不可鲁莽行事，千万谨慎小心。"

胡子朋挥挥手，说："去准备一下吧。这次你俩如果能端了罗大油匠家的窝子，回来后我论功给赏，功大者封为双狮山的二大王。"

张三和李四站在那儿，毕恭毕敬点头称是。

之后，张三、李四就走出了议事厅。

回到各自床上的张三、李四，躺在那儿各自想着心事。

张三想：这次端窝子，有功者不仅能得到银子奖赏，而且还能升为双狮山的二大王。假如李四不玩计谋，自己无论从哪方面说，都比李四占有明显的优势，成为双狮山的二大王定是无疑。

李四想：张三这小子智勇双全，如果我不要点手段，这二大王的宝座指定是他的了。想到此，李四就从床上坐起，把心腹乔五召到床前。

李四对乔五说："明天下山，你隐到暗处，我哈哈大笑时，你就开枪干掉张三。"

乔五点头后走了。

翌日晚，张三和李四带着匪徒下山了。很快就到了罗家屯，很快双方就接上了火。

枪声、炮声响个不停，打得异常地激烈，子弹在空中叫着，一个多小时，张三和李四也没有拿下罗大油匠的窝子。

这时，张三就回头看李四一眼，李四也看张三一眼。回头时，张三发现在他不远的暗处，乔五鬼鬼祟祟向他这里张望着。

张三暗笑下。

张三对李四说："我们这样硬攻恐怕不行。这样，我带人向右侧迂回接近院墙，等炮炸开土围子的窝口，你带人从正面冲进去。"

"好！"李四答应道。

张三就带人去了。不一会儿，嗵！嗵！几颗掷弹筒炮弹向土围子飞去。轰！轰！几声巨响，土围子顿时冲起一股烟柱，一阵喊杀声，李四就带人冲进罗大油匠的家……张三和李四端了罗大油匠的窝子，匪徒们将金银收拾到箱里。

李四走过来，拍着张三的肩，说："这次胜利，功劳应该归你。如果没有你的侧翼迂回战术，我们肯定端不了罗大油匠的窝子。"

张三听后笑了。笑时，张三就又发现乔五在后面盯着他。

张三就说："功劳理应归你，如果没有你正面的硬拼硬杀，我们拿不下罗大油匠的窝子。"

李四又说："不，这功劳确实应该归你。"说完李四刚要放声大笑，张三突然拿枪对准自己的太阳穴。

张三说："我张三向来不夺人之功，如果你硬把这功劳往我身上推，我张三就只好自毙在老兄面前了。"

张三要扣动扳机，李四忙制止说："别，别，功劳归我可以吧？"张三就收回枪，说："回去后我会如实向大王禀报你的功劳。"

李四抱拳说："多谢！"

李四兴高采烈指挥匪徒抬着财物下山。

张三说："我去解手，随后就来。"

李四点头就先走了。

乔五没有听到李四的大笑声，就未敢露面，一直在暗处走着，准备在听到李四的笑声后，再动手干掉张三。

正走时，乔五觉得自己的后腰被枪顶住了。

乔五就回头，见是张三，出了一身冷汗。

张三说："出声我就要你的命！"

乔五说："不敢！"

张三问："是李四叫你干掉我的吗？"

乔五说："是！"

张三就说："如果你想保住性命，必须给我做证是李四叫你杀我的。"张三还拿出金条递给乔五。

乔五立马说："一定！"

回到双狮山上，大王胡子朋见到一箱箱的财物就喜笑颜开。

胡子朋问张三、李四："这功劳归谁？"

李四先说："大王，你问一下张三就知道了。"

胡子朋把头转向张三。

张三就说："大王，想听实话就得先把李四绑了。"

大王惊异后，叫人把李四绑了。

张三说："大王，李四想夺此功，派乔五杀我，如果我不动心计，现在早成了乔五的枪下鬼了。"

乔五站出来证实。

大王问张三："你看应该怎么处置李四？"

张三说："让我亲手毙了他。"

李四听后就骂："我日你奶奶张三，这辈子爷爷的脑袋没你灵，下辈子一定比你灵！"

张三拿出手枪对准李四。

胡子朋说："慢！"

胡子朋走过来，拿掉张三手里的枪，说："把张三给我绑了！"张三就又被绑了。

张三很困惑地望着胡子朋。

胡子朋就说："你能用心计胜李四成为胜利者，这恰恰是你的失误。"

说完，胡子朋下令把张三拖出去斩首。

张三向胡子朋祈求饶命。

胡子朋摇头，说："你能用心计要了李四的脑袋，将来也会用心计要我的脑袋，这样的危险人物我留着不是后患无穷吗！"

张三被人拉了出去。

胜利者张三的头颅被砍了下来。

李四成为双狮山的二大王。

血色花

少年被父亲牵着手，走在河边的沙滩上。

父亲告诉少年，儿子，爸爸等过了中秋节，去一趟苇子沟办事，家里的事你要多长一双眼睛。

少年听完父亲的话，仰脸看了一下父亲，通过眼神告诉父亲他不明白那句话的意思。

父亲迎着儿子的目光，哈哈大笑说，儿子，等你长大后，就明白爸爸这话的意思了。

中秋节过后，父亲踏着清晨草皮上的一层白霜，去了苇子沟。

父亲走后的第二天夜里，少年被一阵一阵浓重的呼吸声惊醒。少年歪过头来，就看见了母亲的身上有一个男人。借着窗外清冷的月光，少年看清了这个男人不是父亲，这个男人的脸上长满了大胡子。

少年听见母亲嘴里含糊不清地说着什么。

少年还看见母亲的双手，从下面环绕到上面，搂着那个男人的腰。

此时，少年突然想起了父亲临走时告诉过他的话。

少年闭着眼，佯装睡得很沉。

过了很久，那个男人才穿上衣服，母亲把他送出了门。

母亲回屋复又躺下后，少年微睁眼睛，他看见平着身子躺着的母亲，胸部在一起一伏。少年突然感到自己的身体一阵燥热，就向前蹭了下身子，装作迷迷糊糊的样子，钻进了母亲的被子里。

母亲把少年搂在怀里，少年觉得母亲的胸膛滚热滚热。少年把身子又向母亲怀里挺了挺，紧紧地依偎着母亲，那个样子，生怕母亲走掉。

母亲怀里的少年，感觉母亲的双肩抽动着，好像在低声啜泣。

少年在母亲的怀中，安详地睡着了。

第二天中午，父亲回来了。午饭后，秋日的阳光洒在河面上，少年又被父亲牵着手，走在河边的沙滩上。

父亲问少年，儿子，爸爸走的这几天里，你多长了一双眼睛没有？

少年又仰脸看着父亲说，爸爸，我什么都没有看见。

父亲迎着儿子的目光，哈哈大笑。

父亲回来的当天夜里，少年又被一阵一阵浓重的呼吸声惊醒。

这次少年看见的是父亲趴在母亲的身上，但少年没看到母亲那双手，从下面环绕到上面搂着父亲的腰。

少年看到母亲直挺挺地躺在那里，任父亲呼呼喘着。

晚秋过后，窗外就飘起了漫天大雪。父亲从墙上摘下一支老猎枪，对少年说，儿子，走，爸爸领你打猎去。

少年随着父亲走出了家门，沿着一条雪道走进了白雪皑皑的大山。

在一座山的半山腰间，父亲和少年隐在一棵粗壮高大的榆树后，等待着猎物的出现。

雪花被风吹着，在树林间奔腾穿越着。

不一会儿，从山顶上走下一个人，这个人挎着猎枪，胸前还挂着两只山野鸡。那个人越走越近时，少年看清了那个人脸上的大胡子。

父亲告诉少年，儿子，爸爸今天的猎物就是他。你妈就是我十年前从他手里赌钱赢来的。

父亲话毕枪响，大胡子男人倒下了。

一只山鸡被惊得扑棱棱从一棵树飞到另一棵树上。

砰！很突然，又一声枪响，父亲也倒下了。

少年立即回转身，他看到母亲穿着鲜艳的大红袄，端着一杆猎枪，枪口处还冒着烟呢！

白色的雪野之上，母亲的那件大红袄格外耀眼。

迷迷茫茫的白雪中，少年的一双眼睛惊恐着，看着父亲和大胡子男人身体下那一大摊红色血迹，双眼就眩晕了。

少年再次回望母亲的大红袄。

瞬间，整个山野开遍了红花，少年还在那些花朵上，看到了那极浓极浓的血色。

少年使劲地揉了下双眼，再看时，那些红花不见了，母亲也随着这些血色花一起消失了。

面　孔

抗战胜利以后，苇子沟警署被抗联接管。

田凤奇在伪满时期是警署的署长，由于他曾经给抗联送过情报，属于有功人员，在群众中又有着很好的口碑，公安局经过研究，让他做了治安科长。

看着那些被镇压的伪满残余，田凤奇心里很害怕。因为他知道自己这种瞒天过海的伎俩，能瞒得了一时瞒不了一世，早晚他都是会被挖出来的。

他做事认真又有解放前的从警经历，所以工作起来得心应手。几个领导包括局长在内对他的工作都相当满意。他每天在局里整个人都跟一张拉满的弓一样，一刻也不敢松懈，他一边处理治安案件，一边还要注意局里来往办事的人员，唯恐有人在背后议论他，他必须做到防患于未然，随时准备堵塞出现的漏洞。

有一个伪满的警察逃到苇子沟被抓住了。

这名伪警交代，他曾经救过一名小伙子，局长立即派人核实他交代的供词。然后对他说，你救人是真的，可你是为了掩护自己，你杀过抗联战士，背负人命。后来经过公审，这名伪警被枪毙了。

这名伪警的经历跟田凤奇很像，田凤奇出身很贫寒，从小便养成了见人说人话见鬼说鬼话、人前一套人后一套的本领。他当上警察以后，觉得机会来了，他想出人头地那就必须去舔日本人。因为满洲是日本人的天下嘛！也合该他走运，当时警察署刚组建，只有几个警察而且都是中国人，后来抗联的独立支队在苇子沟一带活动频繁，警察署一再扩编，一个叫铃木的日本人被派到警署。田凤奇想干出点名堂，他便配合铃木，端掉了抗联在苇子沟设立的秘密交通站。

因此田凤奇被铃木推荐当上了警署的警长。

田凤奇是个聪明人，心里明白日本人在这里肯定不能长久，他得给自己留一条后路。他盯上了抗联，他想在不影响自己前途的情况下，去帮助抗联做事。

田凤奇曾救过抗联一个叫二莽子的小伙子，他当着二莽子的面就把那个送情报的汉奸杀了。二莽子当时正在养伤，他回到部队后，立即把田凤奇杀汉奸的事告诉了队长。

队长让二莽子和田凤奇单线联系，想得到他更多的帮助。后来二莽子又去找田凤奇，说家里人病了，想让他帮着买点药。当时在警署里田凤奇吓出一身汗，他只好和别人说他是二莽子的表哥，算是糊弄过去了。田凤奇没让二莽子失望，通过关系给他弄了两盒盘尼西林。有了二莽子这层关系，即便是日本人滚蛋了，他也不用害怕了。

警署里除了铃木还有一个署长，这个署长是从宾州调过来的，会说几句日本话，他有些瞧不起田凤奇这个警长，认为他除了拍马屁没啥真本事。并且对田凤奇和抗联的关系也有所怀疑，只是碍于铃木的面子才没动他。

田凤奇想借刀杀人。

二莽子又和田凤奇联系的时候，田凤奇把自己目前的处境跟二莽子说了。

田凤奇说，不是我不想帮你们，那个署长总是盯着我。

二莽子明白田凤奇的意思，他把这个情况跟队长汇报了，队长决定除掉这个署长。为田凤奇扫除障碍。

署长被暗杀以后，田凤奇当上了署长。

田凤奇在苇子沟有一定的群众基础，他出去吃饭哪怕是喝一碗粥，吃一个茶叶蛋，都是要给钱的。如果遇到有手下在街上骗吃骗喝，他一定出面制止严厉批评，从兜里掏钱替手下的兄弟付账。

老百姓都说田署长是个好官。

田凤奇不买房不买地，把暗地里搜刮的钱都藏了起来。

田凤奇每帮铃木做一件坏事儿，或是抓了一名反"满"抗日人员，接着他也必须想办法给抗联做一件事，有时给抗联提供讨伐队进山的时间，或给抗联提供点弹药，只有这样他才安心，夜里才能睡安稳觉。

二莽子一直在说服田凤奇加入抗联，但他一直在犹豫，他怕铃木一旦发现他的身份，那他所有的努力就全完了。

其实，田凤奇这个署长只是名义上的，大事还得铃木说了算，他得利用铃木，才能保全自己的地位，活得更好。

后来，二莽子在一次战斗中牺牲了，田凤奇和抗联也断了联系。

日本人的投降，让田凤奇后悔自己当初没有加入抗联……田凤奇一宿没睡，他觉得自己脚踏两只船的伎俩，迟早会被局里发现。

田凤奇寝食难安。

一天，田凤奇找局长汇报工作，听到局长在办公室正在和人说话，他贴在门缝往里一看，差点没吓得趴在地上，原来和局长谈话的这个人，正是他以前逮捕的满洲省委交通员，可听铃木说他已经被秘密处决了啊！

田凤奇也顾不得再往下深想，悄悄离开，回到自己办公室。不一会儿，他从办公室出来，骑着自行车跑到郊外的苇塘。

田凤奇在苇塘边坐下来。

田凤奇哭了，一脸的泪水，他从挎包里掏出两瓶硫酸，一瓶自己咕噜咕噜喝掉，另一瓶泼向自己的脸。

几天后，有人在苇塘边发现了田凤奇的尸体，报告给了公安局。

公安局局长带人赶到了现场，此时的田凤奇已经面目全非，只能从衣服上判断出是田凤奇。

刑侦技术科的小张问，局长，你说田凤奇为什么给自己毁容呢？

局长看了一眼小张，反问道，你说呢？

小张摇摇头。

玉先生

玉品堂在苇子沟赫赫有名。

玉品堂掌柜的石墨玉，既是坐堂先生又是药铺的主人，治病救人和经营药铺两不误，因为他医道好又眷顾平民患者，大家都十分尊重他。

苇子沟的人，见了石墨玉都叫他玉先生，反倒把他大名忘记了。

从字面理解"玉品堂"，像是古玩玉器店的名字，可等你对玉先生有了一定的了解之后，你才会发现这个名字很讲究，苇子沟也只有玉先生才配叫这个名字。

玉先生行医，擅外科。

有一年，东北军一个参谋长到苇子沟视察防务。那天雨大路滑，走山路时一不小心跌落山崖。

参谋长被抬到玉品堂。

玉先生非常淡定，安慰士兵先在边上等候。玉先生净手后，掀起参谋长的衣服，手至肋处，来回一捋发现折了七根肋骨。

玉先生用秘制伤药配方，给开了两服药帖，外敷与内服。参谋长服药后，半月时间就能下地活动。

玉品堂对平民百姓的收费很低，管你有没有钱，都能来看病抓药。

在苇子沟，除了玉品堂，还有仁德堂和益生堂两家中药铺，他们的生意都不如玉品堂好，两家羡慕嫉妒玉先生，觉得是玉品堂抢了他们生意，便造谣玉先生是庸医，给人看病把脉是靠运气。玉先生也不和他们计较，遇到患者适合他们两家的，他就会毫不犹豫地介绍过去，并且说治疗这种病，仁德堂和益生堂比他强。

玉先生四十岁时才得了儿子石白，儿子现在已经八岁，他没事儿教儿子背诵四百味和汤头歌。石白记性好，天分也不错，看着自己的玉品堂后继有人，玉先生十分欣慰，觉得他所有的付出都值了。

树大招风，玉先生的名气，让日本军方盯上了。他们通过伪警署把玉先生请到了日军驻苇子沟军部，言明要合作，让玉先生把秘制伤药配方交出来。

玉先生说，我从来没有什么秘制配方，那都是误传。同一种病，每个人的病情都是不一样的，你怎么可能让一种药去包治百病呢？

野贤大佐不信，软的不行，只好对玉先生动刑。

被严刑拷打的玉先生，尽管面带痛苦，依然不屈服。野贤大佐实在想不出更好的办法，只好利用玉先生的儿子石白，想通过血缘亲情来瓦解玉先生的意志。

野贤大佐特意给玉先生换了一个干净的房间，让石白去和他见面。玉先生把儿子搂在怀里话未说出口，眼泪就下来了。

石白赶紧伸出小手去给父亲擦泪。

玉先生说，你是我的儿子吗？

石白连连点头。

玉先生就问，那你怕死吗？

石白说，爹，我怕死！

玉先生叹口长气。

玉先生的秘制伤药配方，是他石家几代先人穷尽毕生精力和智慧研究完善的结果，怎么能交出来救治敌人去荼毒自己的同胞？玉先生是抱着必死之心和鬼子进行心理较量的，自打识破日本人的意图，他就没想要活着出去。

野贤大佐让玉先生和儿子见面，也没有迫使玉先生交出秘制伤药配方。野贤大佐开始用皮鞭抽儿子石白。

玉先生听到儿子被折磨得一声一声地惨叫，便气急晕过去了。玉先生醒来的时候，儿子石白已经被打死了。

野贤大佐对玉先生已经彻底死心，想给他安一个反"满"抗日的罪名，然后处死他。

这时的玉先生，忽然改变主意，主动要和野贤大佐合作。

野贤大佐把玉先生送到一处安全地方，按照他提供的方剂配齐了药材。

玉先生含着泪把秘制伤药配制出来了，野贤大佐有些不放心，当着玉先生的面，掏出枪就把身边的护兵打伤，然后让他给敷药。

奇迹出现了，他们是看着护兵的伤口愈合直到恢复如初，居然仅仅用了不到一周时间。

野贤大佐对玉先生敬重有加，给他提供最好的食宿条件，并且说只要肯跟皇军合作，他们会满足玉先生的任何要求。

玉先生说，他什么要求都没有，只想早点回家。

野贤大佐立即许诺，只要玉先生帮他们生产一批足够数量的秘制伤药，他们立即送他回家。

一个月以后，玉先生的秘制伤药被小鬼子送到了前线，正好赶上一场大战役，鬼子伤兵源源不断地从前线被运回来，敷用了玉先生的秘制伤药，开始伤口也没什么不良反应，可过了几天以后，这些小鬼子的伤口都奇痒无比，不能自控地被抓破了，小鬼子得了破伤风，到死眼睛都是睁着的。

野贤大佐得到消息后，立即赶向玉先生的住处，但此时玉先生已经悬梁自尽。

苇子沟的百姓在苇子沟北山，给玉先生埋了一座空坟，立了一块墓碑，上写：志士石墨玉之墓。以寄哀思。

身后
的人

八 爷

苇子沟东二十余里处有个村子。村子小，偏僻，四面有山。

八爷不是村长，可大家有事都愿找他合计。这家婚丧嫁娶，那家婆娘闹离婚，只要八爷到场，事情便有定夺。

为啥这样崇拜八爷？有一段故事。

抗日那阵，八爷年轻，长得帅，身子壮实。

八爷有筒猎枪，常打猎。一天，八爷去野猪沟打猎，刚进林子不久，便听得林子里有女人的呼喊声。八爷循声急急向前跑去，近了，见是一个日本兵在扒一个日本女人的衣服。八爷不忍看，火了，一枪下去，那个日本兵就脑浆迸裂。

日本女人感激得忘记穿衣服，光着身子给八爷行大礼，八爷近前要扶女人，却又突然愣在那不动。咋回事？原来八爷看见女人光滑白嫩的身子……他觉得脑发热，心跳，血沸血涌……"妈的，这是怎么了？"八爷心里骂，接着背过身对女人喝道："把衣服穿上！"

女人这才慌里慌张地穿上衣服。

八爷要走，女人不让。女人说她叫美子，是来中国寻未婚夫的，可未婚夫已战死，现走投无路。

八爷听美子说得可怜，就把她领回了家。

美子想报答八爷，便要嫁给八爷。八爷寻思，美子这么远来寻夫，看来心还是挺不错的。他便要娶，可村里的老人说："日本人烧我们的房屋，糟蹋我们的女人……这事办不成！"

娘也说："你要娶那女人，老娘就跳井。"

八爷难住了，不好向美子道出实情。其实，用不着八爷说，美子也从八爷的长吁短叹中悟出了点什么。一天，美子偷偷地走了，八爷找了几天也没找到。后来，八爷再去野猪沟打猎时，在野猪沟发现了美子的和服和尸骨。

八爷那个哭呀，捧着和服用拳砸头。末了，八爷双膝跪地，在野猪沟的林子里对天发誓："今后不娶女人，娶女人不是娘养的。"

这以后，八爷真的没娶女人。苇子沟有人给他介绍女人，他就说："不行，俺发过誓。"

这里的人不知何时形成一种不成文的条规，男人说出的话必须信守，不然算不上汉子还要遭人唾骂。

八爷信守了誓言。

从此，全村人都崇拜八爷。从此，八爷成为全村人公认的一条顶天立地的硬汉子。从此，全村人有事便都愿找八爷合计。

几十年过去了，八爷上了年纪，可是身子还硬实。冬天，八爷腿上缠着绷带，走起路来腾腾腾。老人们看着他的背影说："八爷行，真行，是条硬汉子！"

村里的后生柱子，离婚不成，在外做出了拈花惹草的事，阿四爹便指着柱子骂："孬种！自己有老婆还干那事。看人八爷，没解放那会儿，庙胡同的'窑子'姐往里拉都不进。可你们这号人……学吧，八爷够你们学一辈子的！"

身后
的人

这时，八爷闻声走过来，往阿四爹和柱子中间一站，只"哼"一声便走，谁知这一声"哼"是冲柱子还是阿四爹来的，反正阿四爹和柱子互相看了半天也捉摸不出个味来。

忽一日，八爷患病。又过几天，八爷病重，看气色，八爷是没多大活头了。人们围在八爷的床前，盼望着这位德高望重的老人，能在弥留之际给村里人说点什么，可八爷什么也不说。

这工夫我来尿意了，不尿不行憋得难受。尿完回来，咋就这个巧，八爷咽气了。我问狗子："八爷到底也没说什么吗？"

狗子眼有些红："说了，说得断断续续，那意思是他一辈子不知道女人是怎么回事。"

听完狗子的话，我愣了。没想到，八爷这条硬汉子最后说出的话竟是关于女人的……

山大王

没人知道他的真名实姓，自从他上了横头山，做起胡子头以后，手下的兄弟们就称他为横头山的山大王。

山大王便这样叫开了。

山大王虽然占山为王，但不欺压百姓，反而劫富济贫。苇子沟的大商户和有田有地的大户，就是山大王行黑道的一条财路。

在苇子沟有"山大王的条子，顶上皇帝的圣旨"之说。

苇子沟的穷苦百姓，只要哪家发生大灾大难，需要银两周济的时候，便跑到横头山，把事情原委和山大王一说，山大王就会立即抓起笔开条子。

来人便拿着山大王给开的条子，来到山大王指定的大户，把条子呈给大户的掌柜。

接条子的大户掌柜，看过条子，便得立马派人拿来银两，交给来人。如遇哪家大户见条子不给情面的，山大王也就不留情面，夜里必会带人把这家大户的钱财洗劫一空。

久之，山大王开条子接济穷人的事情，便传遍苇子沟全城。

苇子沟方圆几百里的穷苦百姓，只要提起山大王，就都说：山大王是好人！后来，日本兵开进苇子沟后，山大王便和日本鬼子做了死对头。

山大王常在夜里带手下的兄弟们，偷袭日本兵的驻扎营地。

有时还派绑票的高手，巧施各种计策，把日本军官绑到横头山上来。等日本人提着钞票，到横头山来抽票时，山大王抓着大把的钞票哈哈大笑。

笑过之后，山大王就突然冷了脸，对手下的人命令道："撕票！"

于是，被绑票的日本军官和前来抽票的日本人，脑袋就被子弹穿了洞。

山大王成了日本人的眼中钉，肉中刺。

日本人发誓：一定要抓到山大王，活要见人，死要见尸。

日本人几次派兵到横头山围捕，但都未能抓到山大王。

一天，山大王和弟兄们正在喝酒时，山下守卡的人来报，有一女子，来投山入伙。

山大王说："带来！"

不一会儿，一个女人便被带来。

山大王抬头看时，便一下呆住了。

面前站着的女人，面若桃花，腰如细柳，好一个绝代佳人！

山大王惊得忘了问话。

女人倒是先一步跪下，说："山大王，俺叫秋香，前几天我在山下被日本人抓住，他们要糟蹋俺的身子，俺就拼死逃了出来。听说你是好人，就来投奔你。只要你不嫌弃俺，俺愿服侍你。"

山大王近前扶起秋香，说："好，好！"

秋香就成了山大王的夫人。

一日，秋香和山大王商量，让山大王带她到圣灵寺烧香拜佛，以求早得贵子。山大王便带几名兄弟和秋香一起到圣灵寺烧香拜佛。

山大王手持一炷香刚插上香炉，佛像后便突然闪出列队站成一排的手握短枪的日本人。

此时，只见秋香一个跳跃，便躲到日本人的队列中。

山大王刚喊出："秋香，你……"

日本人的枪就响了。山大王和他的几名兄弟，就死在了日本人的乱枪之下……

秋香是日本人派来的特工。

后来，苇子沟的人就说：自古英雄难过美人关，山大王如此也不奇怪，只可惜白费了一条好汉的命！

身后
的人

纪 念

杨说书是后到苇子沟安家落户的。

搬到苇子沟的杨说书，他住的那两间草屋里，每天晚上都坐满了苇子沟的老少爷们和娘们儿来听书。

在听书人中，有一个是最痴迷的，那就是冯寡妇。

有一段时间，杨说书总拎着酒瓶子去打冯寡妇家烧的苞米酒。打完酒就坐在冯寡妇家的炕沿上喝，一喝就喝得两只眼睛红红的，趔趔歪歪地从冯寡妇家走出来，边走边哼哼呀呀地唱。

冯寡妇见杨说书喝得走路腿都软，摇摇晃晃，便跟了上去，扶住杨说书，说送他回家。把杨说书扶进家门，然后，冯寡妇慢慢地向外走，待走到门口时，杨说书突然跑上去将冯寡妇抱了起来，一直抱到炕上……

杨说书去外乡说书有些日子了。几个月后，杨说书回来了，回来时还带着个挺漂亮的女人。

晚上说书时，杨说书指着他带回的那个女人，对大家介绍说："这是我新娶的媳妇，叫红妹，请大家以后多照应！"

冯寡妇听后撇撇嘴，眼睛使劲地剜了一下杨说书。

一个月后的一天清晨，汤爷刚从被窝里出来，杨说书就跑来告诉汤爷，说红妹把他的钱和衣物洗劫一空，半夜里偷偷跑了。

那女人走后，杨说书就又去冯寡妇家喝酒，喝过之后，冯寡妇就又扶他回家，两人就又在一起缠绵。

几日后，杨说书又去外乡说书了。

一天，杨说书正讲着书时，一个汉子背着一个女人走进屋来。

杨说书抬头看时，愣住了。原来那汉子背着的女人，竟是洗劫他财物后逃跑的那个叫红妹的女人。

杨说书见是红妹，没有搭理她。

那个汉子见此情景，就把红妹放在炕沿儿上，然后在一旁喘着粗气。

红妹看着杨说书说："杨大哥，俺知道你在这说书，就叫哥哥背着我来赔罪了。"说完，红妹叫哥哥扶她。红妹给杨说书跪下来，叩了三个头说："杨大哥，我错了，我对不起你。"

讲完散了场子后，别人偷着告诉杨说书，说这个红妹，十里八乡的人都知道她，偷摸不说，还和好多男人瞎扯。她男人把她的腿打残后，便休了她。

杨说书听后，自言自语："红妹和我说她没嫁过男人呀！"

后来，杨说书见红妹很可怜，思来想去，决定把红妹重娶回来……

这次杨说书在外乡讲书的时间很长，傍年根才回来。

第一个发现杨说书回来的是汤爷。汤爷站在院子里，就听不远处的雪路上有"嘎吱嘎吱"的声音传过来。汤爷放眼望去，见是杨说书顶着纷扬的雪花，拉着一辆轱辘车挺艰难地一步一步向这边走着。

到了近前，汤爷才发现，杨说书车上拉的竟是那个骗了杨说书的女人红妹。

回来后的杨说书很少给苇子沟的老少爷们儿娘们儿说书了，只一心服侍红妹，给她做饭擦身，端屎倒尿……冯寡妇见后，就骂杨说书是个不得好死的男人。

这以后不久，战事发生。

日本兵占据苇子沟这一年八月的一天下午，夕阳血盆一样地红，两个日本兵疯狂地追赶着冯寡妇。

汤爷见了，忙着关闭了自己的屋门。苇子沟的好多人家也都吓得关闭了自己的屋门。

没有一个人敢站出来替冯寡妇拦挡一下。冯寡妇见无处躲藏，就想起了杨说书，就往杨说书家跑去。冯寡妇推开杨说书家的门时，杨说书正给红妹擦身子，见冯寡妇这样慌慌张张，就忙问："咋回事？"

"后……后面有日本兵追我。"冯寡妇气喘吁吁。

"你躲起来。"说完，杨说书就抄起一根木棒躲在门后。等第一个日本兵冲进门时，杨说书就一棒砸下来，那个日本兵就歪了几下倒在地上。这时，第二个日本兵手里的枪响了，紧接着又是一连几枪，杨说书就像球般被甩在锅灶前，红殷殷的血就在胸前漫延开来。

冯寡妇得以趁机逃脱。

……

解放以后，苇子沟变成了县城。

据县城的文史资料记载：苇子沟神枪冯女，生时年月不详，二十六岁其夫病故守寡。日本兵占据苇子沟后，冯女险遭日本兵凌辱，说书人出手搭救，冯女躲过一劫，投了虎头山胡子头占山好的门下做了女匪，还练就了一手好枪法。

后来，占山好这股土匪，被赵尚志所领导的珠河游击队收编。一九三四年四月中旬，在三岔河与日军交战中，冯女率兵多次打退敌人的进攻，完成了保卫第三军司令部的任务。冯女为彻底消灭敌人，夺取战斗的胜利，在率战士冲向日军阵地夺取机枪时，不幸中弹牺牲，时年二十八岁。

三岔河战斗结束后，她的战友把冯女烈士的遗体安葬在三门高家南河坎的丛林中。

这位可敬的神枪冯女就是冯寡妇，这是经当地政府调查验证后得出的结论。

身后
的人

神　偷

父母去世以后，曹驴儿一直待在舅舅老年家里。

后来有三年无影无踪，舅舅老年也找不到他了。有一天，曹驴儿突然回来了。

舅舅老年问他，去了哪里？

曹驴儿说，去了云雾山，和道明师傅学了三年轻功，现在已经会飞檐走壁了，双脚勾住房梁，倒挂一小时没问题。

舅舅根本不信他的话。

回来后的曹驴儿，嫌待家里太憋闷，便开始出去晃荡，和一些不三不四游手好闲的人一起吃吃喝喝，说大话吹牛皮，整天也不着家了。

老年小时候是姐姐带大的，他跟姐姐很亲。现在姐姐没了，他对这个外甥自然有很深的感情。

曹驴儿知道老年对自己好，所以没钱了就找各种理由跟舅舅老年要。在那些狐朋狗友的影响和怂恿下，曹驴儿渐渐染上了赌博的恶习，经常去柴火街赌馆玩骰子。

老年知道后，把曹驴儿一顿骂，然后检讨说，是自己没有管好曹驴儿，对不起死去的姐姐。

曹驴儿察言观色，舅舅老年的底线也不过如此。他放心了，趁老年不在家偷了钱又去赌场。等老年发现时，他早把钱输光了。

老年举起棍子要打曹驴儿，但看他可怜巴巴的样儿，心一软又把棍子扔了。

曹驴儿赶紧给老年跪下磕头，说他再也不敢了。但耍钱人哪有脸？早晨说过了不等睡一宿觉啥都忘了。老年也只有唉声叹气，家里的东西逐渐被曹驴儿偷得差不多了，实在没啥了他开始到外边偷。

几年下来曹驴儿没少偷苇子沟的大户，他跑得快，每次行窃之前寻好退路，几年下来从未失手。

江湖传言，曹驴儿每次去大户家行窃，都是双脚轻起，飞檐走壁，闪入屋内，双脚倒挂房梁，伺机下手。

舅舅老年有点相信曹驴儿说的去云雾山学轻功的事了。

曹驴儿有个规矩，从不偷穷人。

这一点，老年还是很欣慰的。他认为外甥又赌又偷的，可他有一颗善心，而有善心的人大致都是有救的。曹驴儿一般白天不论在外边混多久，一般晚上是要回家陪老年的。他也觉得有些对不起自己这个舅舅，可他在这条路上走得太远，已经习惯了这样的生活。

曹驴儿有一个习惯，他偷完东西喜欢跟人显摆，那些狐朋狗友吃着他的喝着他的，自然把他当成神一样追捧他。

一次，狐朋狗友们喝酒，喝多了时，其中有人将他一军说，你偷东家偷西家，偷到底那也是偷自家人的，这不算本事。你要真有能耐，去偷日本人！

曹驴儿说，我今儿个就偷一个给你看看！

酒醒以后，大家都没当回事儿也不再提，曹驴儿不行，在他看来虽说自己是个偷儿，可在苇子沟也算个人物，他怎么能说话不算数？

当时苇子沟伪警署的院内，经常拴一匹大洋马，从头到尾都是清一色的黑毛，很威风。

这匹大洋马是小岛警尉的坐骑，他没事儿经常手里握着马鞭，在大街上招摇过市。曹驴儿盯上了这匹马，寻思偷也得偷个大的，小来小去地又怎么能看出我的本事？

晚上伪警署里要打麻将，曹驴儿已经观察有几天了，他穿着一身黑衣，双脚一点，越过高墙，轻轻落地。他慢慢接近这匹大洋马，然后从兜里掏出两个鸡蛋。他踩点时发现小岛经常用鸡蛋喂马，洋马吃了鸡蛋，很乖。曹驴儿打开大门，跃上马背，手抓缰绳，双腿夹紧马肚，轻呼一声"驾"，大洋马便嘚嘚地向前跑去。

曹驴儿的几个朋友，看他真把日本人的大洋马偷出来了，都说他牛。

夸完曹驴儿后，又觉得这事儿不妥，万一伪警署追查下来把曹驴儿抓了，他们几个肯定要跟着吃锅烙。

曹驴儿说，你们放心，马是我偷的，就算我被抓也不会牵连哥几个。

接下来问题来了，这么大一匹马，又不是大洋军票儿，该怎么处理？

曹驴儿说，干脆把它杀了吃肉！

小岛发现大洋马不见了，气得把伪警署的警察包括署长在内一顿大骂。署长赶紧亲自带人下去破案，没用几个小时就发现了曹驴儿这条线索。

曹驴儿被带到了伪警署，他知道抵赖没用只好招了。小岛不解气，拿着那根马鞭把曹驴儿抽得皮开肉绽，然后伪警署把他的罪行写成布告公布于众，准备第二天枪决他。

当天晚上，抗联大队一战士到苇子沟筹粮，街头巷尾都在谈论曹驴儿的事儿。

抗联战士回到营地后，把曹驴儿的事向大队长做了汇报。

第二天，伪警察押送曹驴儿去刑场的途中，在内线的策应下，化装成商贩的抗联战士出其不意的手榴弹和一阵机枪扫射，把曹驴儿给救走了。

曹驴儿参加了抗联。

抗联大队长根据曹驴儿的特长，安排他当了侦察员，专门去苇子沟日军驻地军事指挥部、伪警署，窃取重要情报。

日军在投降撤退哈尔滨时，制订了一个"雷鸣计划"，准备炸毁电厂、烟厂、水厂、啤酒厂。这个"雷鸣计划"是曹驴儿夜闯哈尔滨警察厅执行另一个任务时，顺手牵羊得到的。

后来，这份"雷鸣计划"情报，通过抗联领导，辗转传到哈尔滨地下党负责人手里，从而粉碎了日本人的这个恶魔计划。

神偷曹驴儿个人荣获特等功。

姿　势

　　这次，方子良和他的抗联独立大队干得狠，整整抢了鬼子两卡车的军粮。这两卡车的军粮全被抗联分给了苇子沟的百姓们。

　　战士们都说这仗干得漂亮，老百姓得了粮食，因为感激抗联，当时就有小伙子参加了抗联。大队长方子良很激动，他说这些粮食本来是小鬼子从你们手里夺走的，现在我只是把粮食还给了你们……

　　讨伐队来得也太快了，分完粮食，乡亲们刚离开，鬼子的机械化部队就到了苇子沟，方子良只好带战士们边打边撤。

　　成片的苇子在皑皑白雪上摇晃着发出吱吱的啸音，苇塘里的积雪很厚，一脚踩下去没到脚踝。战士们十分吃力地缓缓向前行进，狗皮帽子被风吹起来，每一张脸都裸露在风雪中，脸被冻得发紫。没有一个人吱声，只有走在雪地上的咯吱咯吱的声音连串地响起。

　　方子良没想到敌人的速度如此之快，本来是想把粮食分下去后往西撤，然后顺着杨树岗神不知鬼不觉地回到驻地，现在看来这条路已经被小鬼子堵死了，他只有撤到苇子沟二十里外的苇塘。苇塘面积很大，便于隐蔽和打游击。

　　苇子沟有很多老乡得到粮食了，他们都十分着急。老铎将乡亲们都聚到一起，说，大家都听着，我们不能没良心，我们得想办法帮助抗联。

大家都说，可这是打仗，我们怎么帮？

老铎说，我又没让你拿着菜刀斧头去拼命，赶紧都回去给他们准备吃的吧！

馒头白面饼，还有的乡亲把鸡都杀了，苇子沟的老百姓，对抗联的感情是很深的。可接着问题来了，怎么才能送出去呢？老铎带着几个乡亲出了村子，听见苇塘那边的枪声很密集，间歇地还有炮声。他们隐蔽在树林里听了一会儿，根本靠不上去，只好又回到村里。

一发炮弹落在苇塘里，雪花飞舞把战士迷得睁不开眼睛，被炸飞的苇子在空中飘扬，纷纷地落在战士的身上。方子良知道今天要想全身而退是不可能了。他举起望远镜看到敌人还在往这里集结。他吩咐三名小队长等到天黑，天黑可以突围。

尽管这片苇塘很大，扯天连地的，讨伐队还是从四面对苇塘形成了合围之势。

老铎也不顾人们劝阻，把吃的装在一个袋子里又出去了，他是想冒着枪林弹雨把吃的送给方队长他们。但进入苇塘的通道都被小鬼子封死了，他伺机而动，可他哪里还有机会？他眼睛里看到的都是端着枪的小鬼子和他们狗屎一样颜色的黄军装。

战斗一直持续到天黑，枪声才停止。大队长方子良已经作出决定，由他带着一个小队掩护其他两个小队突围。三个小队长都想留下来，被方子良拒绝。他说，无论是战斗经验还是军事素质，你们有谁能跟我比？只有我留下来牵制敌人，你们才能更好地突围。

在一阵密集的枪声过后，苇塘又恢复了从前的宁静。月亮从

身后
的人

云层里钻出来，云彩走得很快，像是月亮在天空奔跑一样。老铎带着几个村民来到苇塘的时候，小鬼子的讨伐队已经撤了。地上的弹壳泛着光星星点点地散落在地上，老铎低头捡起一枚弹壳使劲地扔出去，然后嘟囔道，我去你妈的小鬼子！大家也学老铎把弹壳捡起来，骂骂咧咧的。

苇塘真的太大了，从一边走到另一边怕是得两个时辰。他们从南到北再从东到西地走了一个交叉的十字，直到天都要亮了，他们才发现方队长。几个人赶紧扑过去，只见方队长手里挂着一把大刀跪在地上，他的前胸后背都是伤口，鲜血和雪花凝在一起，给方队长穿了一件冰衣。

老铎扑在地上挓挲着双手不知如何是好，眼前的情景完全把他惊呆了。方队长身边横七竖八躺着的都是牺牲的战士，他们的身体卧在雪地里，手里拿着刀或者枪，都是那种视死如归的姿势，这种舍我其谁的悲壮，乡亲们还从来没见过。

老铎从袋子里拿出一张白面饼，说，方队长你吃一口吧！这可是你给我们的粮食，你总不能一口不吃就走吧！

大家都学着老铎的样子，把饭菜拿出来摆在那些战士遗体前……冬天的苇子沟静悄悄的，在黎明的曙色里安详得跟睡着了一样。雪停了，风止了，苇塘里只有老铎和几个村民反复握拳发狠的声音。

老铎看着方队长的遗体，流着眼泪说，我知道方队长心里想的是啥，他是想让咱乡亲们天天能吃到白面馒头。

乡亲们点着头。方队长和战士们牺牲的姿势，刻在了乡亲们的心里。

较　量

　　横头山笑面虎的绺子被剿灭以后，苇子沟的剿匪工作基本已经结束，遗憾的是笑面虎的军师路路通还没有归案。

　　侦查科科长郑途很没面子。他可是军人出身，和小鬼子拼过刺刀的，为了惩治犯罪还一方土地平安，郑科长再次向上级打报告要求亲自进山抓捕路路通。

　　路路通真名叫陆生民，因为他多谋善变、工于心计，便在土匪窝里落下这个绰号。郑科长反复研究了他的材料，发现路路通和自己一样居然也当过兵而且还抗过日。

　　六月天是东北地界最炎热的季节，郑科长带着几名侦查员来到横头山上已是中午。大家都觉得土匪的窝都没了，路路通是不会再搁山上的。但郑科长坚信自己的判断，最危险的地方也是最安全的地方。他凭着多年的对敌和剿匪经验，觉得已经闻到了土匪的气味。几个战士如临大敌地端着枪在山上搜索，郑科长向他们摆摆手，那意思是说路路通现在只顾活命，是不会向他们开枪的。

　　他们一连搜索了三天，在山上搭了一个帐篷。

　　郑科长这是和路路通死磕上了。要不是他们在搜索的时候，有两名战士掉进野猪坑里，郑科长是不会走的。这是猎人给野猪挖的坑准备窖野猪的，人掉进去没什么奇怪的，可据这两名战士回忆，他们昨天从这里走过，那就是说这个坑是昨天夜里挖的。大家都立马想到土匪路路通，他如果在里面插上削尖的木棍，这两名侦查员还有命在吗？

大家都知道路路通这是在警告他们，但路路通在暗处，侦查员在明处，他们这样的抓捕方式显然是很难奏效的。郑科长只有带着侦查员下山重新拟订抓捕方案。

郑科长在审问一名土匪时，据他交代，路路通和横头山下曹家屯的一个寡妇相好。

郑科长很快通过农会做通了寡妇的工作，她也答应配合他们。接下来是漫长的等待，几个月以后他们终于收到寡妇传递来的情报，说路路通今晚要到她那里过夜。等他们来到寡妇家，路路通已经不见了，而寡妇也被五花大绑地捆在炕上。郑科长赶紧把寡妇的绳子解开，拿掉塞在嘴里的破抹布。

寡妇说，他让我告诉你们，他上山当土匪，只是为了混口饭吃，没有杀过一个人，让你们放他一马。

郑科长把抓捕路路通的工作向公安局局长做了详细的汇报，在局长的指令下，他把和路路通有关的证据又梳理了一遍，并且走访了几个过去和路路通有过交集的群众，大家提供的线索都没什么价值。

几年下来郑科长从没放弃对路路通的追捕，他始终坚信路路通还在苇子沟没有离开，因为凭着多年侦查工作的经验，他总觉得他的背后有一双眼睛。遗憾的是后来因为工作需要，他离开侦查科到治安科，治安工作鸡毛蒜皮的，太琐碎，占用了他太多的时间，渐渐地他也没时间去想这个案子了。

时间过得很快，郑科长早变成了郑局长。现在眼看要退休了，他忽然又想起路路通还没抓捕归案，这是他当侦查科科长以来的一块心病。几十年都过去了，这块心病一直在他心里滋生蔓延，只是他的工作太忙了，无暇理会。只有在清理陈年旧案的时候，大家才会想起苇子沟有一名叫路路通的土匪，这么多年一直逍遥法外。

郑局长也曾几次把路路通的案子列为大案要案，并且成立过专案组，但随着时间的推移，当年留存的线索极其有限，他们手里仅有一张路路通的旧照片，而且是模糊不清的。也就是说，整个公安局没人真正见过路路通，即便是路路通来投案自首，那也是要找人来辨认的。

大家都认为这么多年过去了，路路通又是一个那么聪明的人，他怎么还会待在苇子沟呢？

他一定没走，一定还在苇子沟。郑局长坚信自己的判断。他无数次在心里描摹路路通现在的生活现状。他或许还在横头山上过着野人一样的生活？这个似乎不大可能，睡觉的地方倒是好解决，随便找个山洞遮蔽风雨是没问题的，可吃的穿的从哪儿来？莫不是他到了乡下改头换面……

郑局长对自己的这个大胆猜测感到十分吃惊。那些杀人犯为了逃避法律的制裁，往往不惜采取非常手段把自己弄得面目全非。前一段时间有一个典型案例，一名杀人犯居然把自己的一口牙齿都拔掉了，他塌陷着腮帮子满脸沧桑的样子一下子老了二十岁……这给辨认工作带来很大的困难。

郑局长每天上班都很早，他因为想着路路通的事儿，下车时钥匙掉在地上也不知道。清洁工老佟赶紧喊他。郑局长从老佟手里接过钥匙，不经意地看了老佟一眼，当两人的目光碰在一起，老佟憨厚地笑了一下，他的皮肤抽搐着，脸上的麻子坑似乎比平时更大了。

郑局长问，老佟你在这条街上有多少年了？

老佟回答说，怕是有二十年了吧！说完老佟嘿嘿笑着又佝偻着腰去扫街了。

路路通这个案子正好也二十年了，以前郑局长从没注意过这个清洁工，因为他佝偻着腰看上去太老了，可郑局长忽然发现他的目光一点也不老，而且他的麻子坑儿太深也不像天生的麻子。郑局长回到屋里喝了一杯茶，又来到门前，老佟已经不在街上了。

是一名清洁工把郑局长带到老佟家的，老佟正在刮脸，看见郑局长进屋，不慌不忙地说，稍等一下我马上就跟你走。

郑局长说，你为什么不跑？

老佟说，不跑了，太累。

死 谜

我三姑十八岁就嫁给了苇子沟的赵清林。之后，就随赵清林回到他老家河南开封的乡下。

九年后，我三姑又一路艰辛，从河南开封的乡下，回到东北的苇子沟赵村。

回来的三姑，带回三个孩子（都是女孩），她丈夫赵清林却因肺病死在开封的乡下。

当时，我奶奶盘着双腿，坐在炕上，嘴里含着铜杆大烟袋，一口一口地吐着烟，对一脸忧郁的我三姑说："犯不上愁，啥事都是个命，赵清林若不回开封，兴许还不能死。守着孩子过吧！"

我二十七岁年轻美丽的三姑，就含着泪向母亲点点头，领着三个孩子过起灰蒙蒙乌云般凝重的日子来。

我三姑习惯了每天的日出而耕。天刚放亮，坐落在平原地带的赵村就被朝雾笼罩着，当日头冲破雾霭，把第一片玫瑰色朝霞射向地平线的时候，我三姑早已做了好些时辰的活。

赵村人都说我三姑做活不亚于男人。

赵村人都说我三姑命苦。

赵村人说这么能干的女人，不能就这样苦苦地熬日子．

赵村人就劝我三姑再嫁，说那个铁匠怎样能干，这个木匠怎样年轻，我三姑都没动心，始终冷着那张年轻美丽的脸。

后来，我三姑二十七岁的心灵受到强烈的震动，完全是夏末秋初玉米地里的那场不大不小的诱惑。

那天上午，天空一直灰沉沉的，潮湿的雾气弥漫在田野。我三姑去玉米地掰苞米，刚掰了几棒苞米，就听见玉米地的不远处有一阵窸窸窣窣的声音传来。我三姑就顺着声音走几步，映入眼帘的情景让我三姑惊呆了。

我三姑在玉米地里，看到一个男人和一个女人，在灰沉的天宇下很真实地扭动着……

就在这一天的夜里，我三姑望着窗外黑黝黝的夜空，很久。

就在这一天的夜里，我三姑在梦中，又很真实地见到了玉米地里那团扭动的白肉……

很快，到了收割的日子。

秋日的天空很辽阔。我三姑在湛蓝湛蓝的天空下，在金色的麦浪起伏中，扭动着丰腴的身体挥臂收割。

空中有排成人字形的大雁向南飞，我三姑伸展腰，目光随着大雁，直至大雁渐远，三姑才眨了下酸涩的眼睛，又屈下腰来。

这时，三姑感觉到有人在望她，三姑就再伸展腰也望那人。

那人站在麦地的那头，向她望，望得很痴。

我三姑看清望她那人是本村的唢呐刘。唢呐刘有些本事，唢呐吹得脆响，三村五里有个红白事都上门请他唢呐刘。

唢呐刘曾当着我三姑的面，说要娶她，都被我三姑那张冷冷的脸逼出了门。

秋日的天空下，我三姑望着唢呐刘，脸上便有瞬间的红晕划过。

望会儿，我三姑不再望，弯腰继续收割。唢呐刘也不再望，挥着镰从麦地那头向我三姑这边割来。不一会儿，唢呐刘的镰刀就碰到了我三姑的镰刀。

我三姑和唢呐刘同时伸展腰。我三姑阴着脸，问唢呐刘："谁叫你来帮我割？"

唢呐刘挺起被汗水洇湿的脊背，说："是我自己愿意做。"

三姑就无言，美丽的脸又漫过朝霞般的红晕。

唢呐刘对我三姑说："你嫁给我吧，我不会叫你受这样的累！"

三姑听后，双眼闪出奇异诱人的光，但不一会儿后，那种奇异诱人的光就又黯淡下来，对唢呐刘说："嫁不嫁你由不得我呀！"

唢呐刘听后，一脸的无可奈何，一步三回头地走出闪着黄幽幽光晕的麦田。

几天后的夜里，我三姑走出小屋，来到收割后的田野。田野一片寂静，偶有秋虫鸣叫。秋夜的风撕扯着我三姑那乌黑的发。我三姑把飘在额前的发掠在脑后，望着生长了一个季节的庄稼，几天之间就被收割得空空旷旷，我三姑的心里就感到一种莫名的虚空，就盼着明年的那个播种季节早日到来。

远处村庄的狗在叫，近处觅食的野鼠在悄悄地爬行……又是一阵莫名的虚空，骚扰了我三姑二十七岁的很辉煌很灿烂的生命哟！

秋天的夜里，我三姑哭了，她想起死在开封乡下的丈夫赵清林……

身后
的人

转年，三月的风吹开冰冻的河床，随着溪水潺潺之声，我三姑盼望的那个播种季节到来了。

然而，没有想到，我三姑就是在这个季节，用一根细细的绳，在自家的屋内结束了她年轻美丽的二十八岁的生命。

出殡那天，当装着我三姑的大红棺木抬出赵村时，一阵唢呐的哀鸣就在村内响起来。赵村人都看到唢呐刘的脸上，有泪水像断线的珠子，随着唢呐的哀鸣从他眼角的深皱里往下滚……

三姑的死，在苇子沟的赵村成了解不开的谜，赵村人怎么也弄不明白我三姑究竟是为什么而死，就连我奶奶、爸爸、大姑、二姑，也说不明白。

事情过去十几年后，当我和已成了家的大表姐谈起我三姑的死时，大表姐也说不明白自己的母亲，当时为什么那样狠心，扔下她们姐妹三个去了另一个世界。

大表姐说："现在想起来，我妈死的前几天是有些迹象的。那几天，我妈总在我面前叨咕这样活着没意思之类的话。"

听完大表姐的话，我突然很自信地感觉到，只有我才能揭开我三姑的死谜。

人　心

　　那时正逢战事，A和B同在国军某团从军。他俩一同驻扎苇子沟守城。A和B都是国军某团的少校军官，两人又是相交甚笃的好朋友。

　　A、B军官做事干练沉稳，善思善辩，老到成熟，计谋过人。

　　A、B军官如此不凡，深得团长的赏识。

　　团长有一女儿，名叫小倩，年方十八，容貌娇美。团长有意在A、B军官中择一女婿，做女儿的终生托付之人。择来择去，团长选中A军官做自己未来的女婿。这样，A军官就自然成了团长家的常客。

　　这时，B军官的心里就感到失落落的，很虚空，总呆坐在一个地方阴沉着脸抽烟，想事。一想，想好久。

　　一天晚上，B军官邀A军官喝酒，A军官拒绝说："对不起，今晚和小倩约好了，陪她去散步。"B军官就未强求。A军官去了。

　　望着A军官远去的背影，B军官掐灭手里的烟头……

　　A军官陪着小倩走在一条幽静的小路上。正走着时，小路旁侧的树林里，冲出一蒙面持刀人。未等A军官回过神来，蒙面人已从A军官的身后，用胳臂揽住A军官的脖子，刀抵在A军官的胸前。

身后
的人

小倩目睹此景，在一旁吓得抖颤不停。

蒙面人指着小倩问 A 军官："我是劫色不劫财，你是要命，还是要她？"

A 军官说："当然要命。"

蒙面人问："那她就归我了吧？"

A 军官点点头。

蒙面人就又对小倩说："小姐，你的朋友为了保命，而舍弃了你，那就别怪我不客气了。"蒙面人说完，把 A 军官一下推到了小倩面前，就动作敏捷地闪进树林，跑得无影无踪。

A 军官掩饰着惶恐，扶住小倩说："小倩，刚才我们是虚惊一场，现在没事了，我们走吧！"小倩怒目圆睁，甩给 A 军官一个大嘴巴，说："伪君子！"说完，就径自走了。

小倩和 A 军官分手了。

后来，B 军官就顺理成章地成了团长女儿小倩的男朋友。一天夜晚，B 军官陪小倩也是在那条幽静的小路上散步。走着走着，B 军官也遭到蒙面持刀人的拦截。蒙面人也指着小倩问 B 军官："我是劫色不劫财，你是要命，还是要她？"

B 军官没有马上回答，但看到胸前的刀子时，就没有犹豫地说："我要命。"

小倩在一旁听后，大声喊起来："天呀，我怎么尽遇上软骨头的男人呢！"说完，就疯了般地向前跑去。

蒙面人和 B 军官一时都呆愣在那儿。不一会儿，蒙面人也敏捷地闪进树林跑远了。

几十年过后，在一次当年苇子沟投诚起义将士参加的聚会上，已成为 A 老人和 B 老人的他和他相逢了。

A 老人和 B 老人的两双手紧握在一起。

回忆往事，A 老人和 B 老人都感慨万分。

A 老人说："当时，你我都不该雇用蒙面人，搅乱对方的好事呀！"

B 老人说："这事主要怪我。"

A 老人说："这事谁也不怪，要怪就怪当时我们不应该是好朋友。"

B 老人点着头。

A 老人就又说："好朋友之间往往就是这样，你有我也该有，我得不到的，你也别想得到，这就是人心呀！"

B 老人想想后，就点头称是了。

陪　伴

卢远光被派到苇子沟抗联独立支队当支队长。

原支队长牺牲以后，一直是政委老霍兼着，但老霍是搞思想工作的，他一直想让军部派一名军事主官。就这样，卢远光来到了独立支队。

老霍把部队的整体情况，向卢远光做了详细的介绍。卢远光是科班出身，在保定军校读过书，像他这样的经历，别说在抗联部队，即便是在八路军新四军里那也是不多见的。所以他的眼界有点儿高，也有点儿看不起老霍的那套带兵规矩。

卢远光来独立支队以后，部队正在老营休整，已经有很长时间没和小鬼子交火了。他简单地看了一下部队的训练情况，又给老霍上了几堂军事课，什么防御纵深啊，什么八路军惯用的围点打援啊，什么声东击西啊。

卢远光讲的这些老霍都知道，但老霍依然听得津津有味的。他说，我也没上过军校，没受过正规的训练，这回你来就好了，有你指挥，我们独立支队以后肯定能多打胜仗。

卢远光说，可我们总在这深山老林里眯着啥时是个头啊！他的意思很明显，他要打仗。

老霍说，我们虽说是独立支队，在军事上有很大的自主性，可要想有大行动，那必须得有军部指示。

卢远光跟老霍说，既然让我抓军事，那就得让我行使权力。

老霍思考再三说，现在日本人的军事实力很强，连一个小队的武器配备都有四门迫击炮，更不用说机枪了。你再看我们支队连一门炮都没有。我们要想和他们硬碰硬地干，那肯定是要吃亏的。

卢远光已经跟军部领导夸下海口，他是要在独立支队干出名堂的，现在来支队都几个月了连一次仗都没打，他觉得自己像是一只被青藤缠住的猴子，有劲儿也使不上。

终于等来一次机会，情报站送来消息，有一小队鬼子要从苇子沟的横头山下经过，去一面坡。

老霍说，这回机会来了，就看你的了。

老霍让卢远光多带一些人。

卢远光说，这是打埋伏战，有一个中队足够了。

卢远光和战士们埋伏在横头山下一条沟内，从战斗开始到结束只用了一根烟的工夫。战斗中，击毙日本鬼子40余人（跑掉六七人），击伤5人，缴获步枪295支，手枪20支，轻重机枪两挺，子弹2万多发，战马10余匹，载重汽车一台，胶轮大车一辆，军服100多套，军毯100床。

晚饭老霍特意让灶房加了一个菜，喝点儿酒庆祝一下。

卢远光酒量很好，他一边喝着酒，一边比画讲了很多他从前打仗的故事。

卢远光说，这才哪儿到哪儿，只要听我指挥，我保证打一个让全军都震惊的大仗。

从抗联驻营往东走三十几里是延寿县城，那儿有一个伪警察署，武器配备都是清一色的日本王八盒子，还有一挺轻机枪。侦察员把这个情况跟卢远光说了，卢远光觉得有必要端掉这个伪警署，一来可以补充一下武器弹药，二来也可以震慑一下小鬼子的嚣张气焰。

老霍不同意，老霍说，延寿县城有小鬼子的宪兵队，伪警署一个电话，宪兵队就会过去支援。

两人各执一词，谁也说服不了谁。

老霍说，我把这个情况跟军部汇报一下，军部要是同意了，你再去打也不迟。

卢远光说，老霍，你啥事都跟军部汇报？难道我们就没有自主权？行了，你也不用汇报，我不打还不行吗？

半夜等老霍睡着以后，卢远光悄悄地集合十几名战士去了延寿。伪警署是端掉了，可牺牲了四名战士。要不是他们撤得快，宪兵队肯定把他们包了饺子。

老霍看着卢远光痛心的样子，没有深刻批评，只口头说让他吸取教训。按照原则，政委应该组织召开支队大会，让卢远光作出检讨，但他考虑到卢远光刚树立起的威信，就没有开会。

卢远光知道自己错了，和老霍聊天的时候也不上军事课了，老霍说，你的军事能力我很佩服，但在满洲这个地方，抗日不像在华北那些主战场，有很多的因素我们都要考虑，既要消灭敌人又要保全自己。

卢远光说，你说的没错，可我们不主动出击，那得什么年月能把小鬼子赶走？

老霍去军部参加筹备粮食过冬会议。

老霍前脚刚走，苇子沟情报站送来情报，说是有一个满编小队的鬼子要进横头山拉木材。

卢远光立即集合两个中队去打伏击。

因为缺少必要的侦察，掌握的情报有限，他们刚到横头山下便和小鬼子宪兵小队遭遇，宪兵的火力配备那都是顶级的，又是机枪又是迫击炮的，抗联被打得趴在山脚下根本抬不起头。他们只好向苇塘里撤退，一仗下来独立支队损失惨重，卢远光为了掩护战士突围牺牲了。

卢远光的坟埋到苇子沟的北山上。

苇子沟解放以后，抗联独立支队被扩编到解放军的队伍，随着三五九旅南下了。

老霍不走，留了下来。

老霍说他要在苇子沟陪着卢远光。在卢远光牺牲这件事上，老霍心里一直觉得很愧疚，他认为自己没有保护好卢远光。

身后
的人

回　家

　　猎人快步走在五月初春的山林里，山林里的各种树的叶子已经一片翠绿，阳光照耀下，如绿色琥珀一样晶莹。山林里刚下过一场雨，空气中仍有些潮湿，雾气一层又一层，随着山林中的风，在树枝间捉迷藏一样东躲西闪。

　　猎人挎着一杆老猎枪，被雾气浸润着的他，身子不由得缩了又缩。

　　猎人走了一会儿，用双手遮住眼睛，抬头看了看天空中的太阳，觉得离太阳落山的时间还早，便找了一块褐色的岩石坐下来。猎人把猎枪立在岩石旁，从后腰处掏出烟口袋，把烟袋锅伸进口袋里，把烟末实实地摁进烟锅里，用洋火燃着烟，大口大口地吸起来。

　　一缕缕烟，在猎人那张僵硬的脸上缭绕着。猎人眯缝着一双眼睛，心事重重的样子向前望着。

　　突然间，一只拳头大的白色鸟儿，扑棱棱从一棵树的枝头上飞起，飞向雾的深处，在猎人的视线里消失了。猎人警觉地想到，大鸟儿被惊飞，不是有人向这边走来，就是有大动物要从此经过。想到此，猎人立即摁灭烟，把烟袋锅和烟口袋别回后腰处，起身抓起猎枪。

　　猎人刚站直身子，远处就有零碎的枪声传来，猎人的脸上立即布满了焦虑的神色。

猎人往山顶望了望，他知道攀上横头山的山顶，下到山底就该到苇子沟了。

战事吃紧，猎人想去苇子沟避一避风头。

一个时辰左右，猎人从横头山的山顶走下山底，穿过一大片的苇塘之后，猎人在苇子沟的一处空房子住下来。

远处时不时响起隆隆的炮声，城内的枪声也一个劲地像炒豆似的噼噼啪啪。刚到苇子沟避风的那个猎人对人们说："无要紧事就别到处走了，那边打得紧着哩！"

猎人在苇子沟住下后，就常去横头山打猎。猎人有一手好枪法，说打熊瞎子的眼睛就绝打不上鼻子。

猎人每猎一物，从不吃独食，将肉煮熟后，挨家一碗碗地送。苇子沟河西的人吃着这喷香的肉，啧啧夸道："猎人心肠好！"

一日黄昏，城东的黄土岗上尘土飞扬，伴着一阵马蹄声，日本兵开进了苇子沟。

苇子沟顿时鸡犬不宁。人群一阵骚动。猎人就挨家挨户告诉："莫慌，莫慌！"

是夜，全苇子沟人无事，日本兵在这里住了下来。

又一日，日本兵把苇子沟的人赶到县大院。日本小队长要吃熊肉，硬逼着前排的二子爹带日本兵去猎熊。

二子爹不答应。

日本小队长就气得叽里咕噜地乱喊，指着架在房顶上的机枪，对被赶到县大院里的一百多人说："不带路的，你们统统死了死了的！"

人群一阵沉默，日本小队长刚要对架机枪的日本兵下令，站在后排的猎人却突然走出来，对日本小队长点头哈腰地说了几句什么。

日本小队长哈哈大笑，并对猎人竖起了大拇指。

大院里的人被解散了，都知道是猎人答应带日本兵去猎熊，人们就一个劲地骂："孬种！软骨头！汉奸！猎人心肠坏！"

猎人带日本兵上路了，苇子沟的人恨得咬牙切齿，恨得真想近前捅猎人几刀子。

有人说："宁可全城人都被机枪扫死，也不当那狗奴才。"

从此，苇子沟的人待猎人再不是和和气气的，都冷眼瞧他，骂他。后来不知哪日，猎人竟神秘地失踪了……

不久后的一个子夜，苇子沟城内突然响起枪声，子弹"啾啾"地叫到拂晓才停下来。日本兵被打得死的死，逃的逃，苇子沟人盼望的八路军队伍开进了城。

连长找到苇子沟的人问："你们苇子沟来过的那个猎人呢？"被问的人摇头说不知道。

有几个年轻的后生跑来对连长说："那小子他妈的当汉奸，被我们骗到地窖里，用棉被把他给闷死了。"

"什么？！"连长听后大惊，从枪套里霍地抽出枪，"娘的，我毙了你们！"

枪口对着年轻的后生，连长的手在颤抖。最终，连长还是把枪慢慢地举过头顶，喊声："指导员！"就对天连放了三枪。

一名八路军战士告诉苇子沟的人，猎人是他们的指导员，奉上级命令先到这里保护群众的。

连长在苇子沟的北山上，将猎人的遗骨安葬在坟里，立了一块墓碑后，就又带着队伍向南进发了……

猎人卒年二十二岁。全国解放后，猎人被追认为革命烈士。

补记：

岁月不断地交替更迭，弹指间，几十年过去。一天，我接到县里退役军人事务厅一位同志的电话。电话中，这位同志告诉我，他们在"为烈士寻亲"活动中，找到了烈士齐大柱，他的遗骨安葬在东北某城的烈士陵园中。

知道这个消息后，我内心一阵激动，放下电话，我来到祖父和我父亲的墓前，告诉他们：我们找了多年的二叔，终于找到了。

猎人是我二叔齐大柱。

七十多年前，我二叔与他堂哥一起，从山东益都参加了打鬼子的抗日队伍，这一走就是七十多年，再也没有回到过故乡。

我和退役军人事务厅的同志，从山东到了东北的苇子沟（解放前称呼）县城。当年的苇子沟北山，现在已经是烈士陵园。

我坐在二叔的墓前，和他聊了那么多那么多的话语。临了，我从二叔墓前挖了一些土，装入从山东带来的红布袋里。我要把这袋土带回去，放在老家的烈士陵园内，让二叔回家。

木 像

莘子沟南街口有一家喻户晓的名店，名曰"季氏雕坊"。季氏雕坊的老板是浙江东阳人氏，姓季名文博。

季文博祖上几代专营木雕艺品，先祖是木雕界有名的祖师爷，曾与当时的"雕花皇帝"杜云松、"雕花榜眼"楼水明齐名。

季文博从小志向高远，好学上进，八岁学徒，继承祖业。二十岁时，季文博便以一组人物木雕"醉八仙"而名冠东阳。

人怕出名猪怕壮。此话倒也不假。出名后的季文博遭到族人的嫉妒、排挤，一赌气带着妻儿老小、细软家私离开了东阳，投奔莘子沟周记木器行的周老板。

此前，季文博与周老板也仅有一面之交。当时，周老板去东阳采购木料，因黄杨木紧俏，周老板在东阳城跑了月余也求购不到。怎么办？家里已经签下一单生意，就等着这木料了。

周老板在客栈愁眉不展时，有当地朋友来告诉周老板，东阳木雕名家季文博备有上等的黄杨木，只是不知道人家肯不肯卖。周老板听后，右手指轻弹一下袖口，又轻叹一声："事已至此，行不行也得一试。"

经朋友引荐，周老板见了季文博，把自己的难处和盘托出，并愿意出高价匀兑一些黄杨木。岂料，季文博一口应诺愿意帮忙，而且是以进价转卖，难事迎刃而解。周老板感激不已，非要多加些银两。季文博说："生意人讲究的是取财有道，我绝对不做乘人之危之事！"

这样，周老板就顺利购入了这批木料，完成了家里的那单生意。

季文博远离故土，投奔周老板来此安置家业，自是让周老板喜出望外，他还正愁季文博上次雪中送炭之恩自己无以为报呢！

周老板把季文博一家安置在府上住下，便陪同季文博在城内选地购宅，最后在苇子沟南街口的临街买了三间门面房。门面房的后院两边是筒房，季文博的十余米长的木雕工案就摆放在这里。案上放置着大小手锤、刻刀百把，地面上还堆放着磨石数块，蜡粉、染料百余袋。

季氏雕坊开业那天，周老板请来了苇子沟的商贾豪绅与各界名流前来捧场。一阵鞭炮响过之后，周老板与季文博就带着这些脸面人物去了城内的仙鹤酒肆吃酒饮茶至夜半。

季氏雕坊开业不久，生意就红火起来，原因有三：一是季文博是木雕高手；二是周老板的鼎力相助；三是县城的有钱人家很讲究住所及祠堂的雕刻装饰。

季文博除了接一些屋檐门窗的雕刻活计之外，还雕一些反映民间生活中的耕种、收获、桑蚕，织线、织布、放牧、狩猎、裁缝、经商，以及花鸟鱼虾、蔬菜瓜果之类的壁挂、条屏置于店面出售。

谷雨时节，县城的裕生堂老板林道明筹办六十大寿的寿筵。此人算得上是苇子沟的商贾人物，又是周老板的至交。因此，周老板上街沽了两壶老酒，来到季氏雕坊，与季文博对饮进餐，商量送林老板什么寿礼方为妥当。

商量结果：季文博雕刻一个林道明本人的木像。

周老板说："以木像为礼不俗，最主要是木像出自木刻高手，算是艺术珍品！"

因了周老板的这层关系，季文博与林道明也吃过几次酒，来来往往，说来也算是脸熟的朋友了。

季文博专选了材质坚实、木纹细密的木雕良材龙眼树，为林道明雕刻木像。

季文博连熬数夜，精雕细琢，终于在一天的拂晓把木像雕刻完毕。然后将其染为棕褐色，经磨光打蜡，一个活灵活现、栩栩如生的林道明木像，在窗外晨光的映照下显得光亮异常。

翌日，季文博把木像拿给熟人和周老板看，看过的人都说太像了，简直与林道明一模一样。

周老板赞不绝口："高手！高手！"

为了给林道明的大寿增添意外惊喜，事前周老板并未把季文博雕刻木像的事情告诉林道明。

在林道明寿辰之日，周老板与季文博一同前往祝寿。

进了林府，周老板和季文博一同向林道明道喜，然后周老板打开精致的礼盒，拿出木像，送给林道明。

周老板说："林兄，您看这木像是谁？"

林道明手擎木像，左看右瞧半天，说："是谁呢？看着这么眼熟啊！"

季文博在一旁说："林兄，您再仔细看看，这是何人？"

于是，林道明手托木像，复又细瞧，仍然瞧不出是谁。

周老板急了，刚要告诉林道明这木像正是他本人时，季文博阻拦说："罢了，罢了。"然后转身离去。

　　回到家的季文博，立于筒房的工案前凝思默想：别人都认得出木像是林道明，为何林道明本人竟认不出来是自己呢？

　　季文博百思不得其解，最后认定是自己雕刻的木像出现了败笔。

　　是夜，季文博躲开家人，悬梁自尽。

美食家钟先生

钟先生是我的朋友，四十几岁，中等个，微胖，人称美食家。

钟先生爱吃成癖。癖之程度：凡苇子沟独具特色的风味酒店（小馆），没有他光顾不到的。

因为是朋友，我沾了他许多的光。

我陪钟先生品尝过的就有：北来顺的老羊汤，白家馆烤羊腿，一手店卤肉，吴记大骨头，正阳楼自制肉肠，希尔西天山涮蘑王，166 涮牛肉，383 鸡脖子，草市街的麻辣排骨串，老独一处的蒸饺、水饺，还有庙胡同烤肉一条街的石锅烤肉。

钟先生每去酒店，必换行头，着一件白色中式对襟布衫，脚下是软底黑布鞋，加上一条白色休闲裤，很有派头，很神气。酒桌上，钟先生正襟危坐，先用湿巾净手，然后略整衣冠，拿出吃家的潇洒，拍拍手，唤来服务员点菜。

钟先生点菜有别于他人。

钟先生点菜从不看菜谱，唤来服务员后，只点一道酒家最拿手的招牌菜，至于杂七杂八的配菜，钟先生从不乱点，哪怕一道菜吃净不够，再续一道。

钟先生说："吃的是招牌，别的都食之无味。"

钟先生喜食，却不爱酒，只品菜，品到兴处，便轻轻击掌，赞不绝口。

钟先生为了吃，可以放弃一切，甚至家庭。

钟先生原有一娇妻，是苇子沟满天星大戏院的名伶，长相很标致，主唱地方戏。因为钟先生的爱吃，妻子牢骚满腹很不满意。

妻子劝道："爱吃可以，只在家里吃，你爱吃啥，我就给你买啥。"

钟先生对妻子的劝说不理，依然东西南北地吃。妻子无奈，只好最后摊牌："你是爱吃，还是爱我，选择一个！"

钟先生最后选择了美食，放弃了娇妻，至今仍在独居。

独居后的钟先生，仍潜心研究吃的学问，乐此不疲。一个很冷的冬日傍晚，钟先生来到我家，我女人给他斟上一杯热茶，他接过茶杯，用另一只手掀起杯盖，用杯盖的边沿拂了拂浮在上面的叶子，然后他的一双眼睛在上升的水汽后面望着我，问："炳兄，你知道为什么南方菜那么精致，而北方菜那么粗犷豪气？"

我说不知道。

钟先生就很迅速地从衣袋里掏出一张报纸，翻到第二版说："你看。"

我接过报纸，是钟先生的文章：《浅论南北方菜的差异》。

读罢，我对钟先生生出一份尊敬来。

钟先生来了兴致，又说："我的下一篇论文是关于韭菜的。宋代诗人苏轼'渐觉东风料峭寒，青蒿黄韭试春盘'，把春韭的鲜描写得淋漓尽致。春季气候冷暖不一，需要保养阳气。韭菜性温，最宜人体保养阳气。而且春季常吃韭菜，可增强人体脾胃之气。因此，像韭菜炒鸡蛋、韭菜炒龙虾等菜肴要常吃。"

这时，我发现我女人在一旁用本子记了起来。也难怪，我不会做菜，我家来亲戚朋友都是我女人下厨掌勺。

钟先生见我女人在一旁认真地记着，就又兴奋地讲到了西瓜。他啜了一口茶后，说："除了作为水果生食，西瓜更可做菜入馔。西瓜做菜最佳部位是瓜皮，西瓜皮又名翠皮或青衣，削去表层老皮后切成丝、片、块，采用烧、煮、炒、焖、拌等烹调方法，可做出'翠皮里脊''糖醋瓜皮''清炒青衣丝''凉拌西瓜皮'等菜肴，其味皆清鲜爽口，不逊于任何一种瓜类蔬菜。西瓜瓤也可入肴，用其切块炖肉或挂糊炸，味道都很不错。"

应该说，钟先生对食品的研究很不一般了。

有一年的春天，钟先生约我去吃得莫利炖鱼。得莫利炖鱼我听说过，在苇子沟以东五十多公里的得莫利村，将豆腐、宽粉条子和乌苏里江中捞上来的鲤鱼炖在一起吃，是村民们吃个热乎的老做法。村里人在路边开了小店，就用这道特色菜招揽过往客人，久之，得莫利炖鱼就成了食林新贵，得莫利村也因此成了"黄金码头"。据说，每年在此闻香下马的食客就达百万人之多。

春日的一个早晨，我和钟先生包了一辆三驾马的遮棚马车，前往得莫利村。抵达得莫利村时，正好赶上饭口，得莫利村的家家饭庄都是客似云来。

我们走进一家"撑死爷"饭庄。入得厅堂，坐定后，钟先生先净手，然后点了一道得莫利鱼。四十分钟左右，得莫利炖鱼被跑堂的端上桌来。

钟先生说："炖这种鱼就得慢工夫，讲究的就是个火候。"

直径得有二尺的巨型陶瓷盆内，放着两条二斤以上的鲤鱼，还配有大豆腐、宽粉条子、红辣椒。我和钟先生开"造"，那鱼肉真是鲜嫩无比，暗香盈口。钟先生轻轻击掌，一句"美哉"脱口而出。

钟先生对我介绍说："做这种鱼要选鲜活的二斤以上的鲤鱼，在清水里养一段时间，除去土腥味。捞出来，开膛去内脏，不过油，不断开，不打花刀，整条下锅炖。至汤浓肉烂，粉条够软，豆腐入味为妥。"

……

饱腹之后，打道回府。在马车上，钟先生无限感慨："这个得莫利炖鱼，只有在这里才能炖出那个味，换个地方就是神仙也没辙。"

我附和着说是。

钟先生双眼凝望着远处，许久，说："天下的美味无尽，吃了这，又想那，没完没了，何时是个头呀！"

钟先生说完这话，一脸茫然，眼里流出了泪水。

我想，钟先生对美食的钟爱是达到一定的境界了吧？钟先生无愧于美食家的称号，在苇子沟无人能比。

乐 爷

乐爷不姓乐，乐爷姓王，名子烈。但无人喊他王子烈，逢人打照面时，人们都叫他乐爷。

乐爷笑哈哈地应。

乐爷每天举手投足、说话办事都慈眉善眼，笑模笑样。从日出到日落，都是这样的神态，一副万事不愁的样子，大家就叫了他乐爷。

乐爷是苇子沟的厨师，掌勺的手艺在苇子沟爆响有二十余年。苇子沟那些经常光顾酒楼的美食家，只要议论起哪家酒楼厨师的手艺高时，就都一致举手推举乐爷，说乐爷该是苇子沟小城当今主灶的一代名厨。

乐爷年轻时就从师一位手艺不凡的名厨，名厨后来由于某些原因封勺归山。名厨临走时，告诉乐爷：掌勺做菜，一讲腕功，二讲火功，三讲色、味、形。这些乐爷都记住了，而且一直记在心里。乐爷凭着记在心里的这些，勤学苦练多年，终于在师傅离开的几年后，他的掌勺手艺就在同行中技高一筹了。

经乐爷亲手制出的菜，火候到位，色鲜、味纯、形美，人吃人夸。

乐爷有三儿一女，老伴去世早，他又当爹又当娘，即使这样，乐爷每天仍笑着一张脸，和人打哈说笑。就有人说：乐爷不愧是乐爷呀！乐爷听后，就掉头"哼"的一声走开，那意思分明是不乐还哭呀！

乐爷的儿子老大、老二、老三都在省城大学先后读书，大学毕业也都在省城谋到职业，并先后成家。现在只有最小的女儿还在苇子沟女子师范读书。苇子沟人都说乐爷家的那几个孩子的学业，都是乐爷手里的那把大勺给供出来的。

乐爷听后就笑着点头。

三个儿子看着父亲的年岁一年比一年长，就常劝父亲，说："爸爸，你那大勺就别端了，腰都累弯了。"

乐爷听后，笑着和三个儿子说："这大勺我还得端，你们的妹妹还没毕业呢！"

三个儿子听后就都说："爸爸，妹妹读书的钱我们拿。"

乐爷又笑了，说："这钱你们拿是你们兄妹的情分，我拿是我的责任，因为我是父亲。"三个儿子见父亲这样坚决，就都不劝了，就由着父亲继续端他那大勺。

不久，乐爷的女儿从女子师范毕业，并谋到一份在私人学堂教书的工作。再不久，女儿处了男朋友。就在女儿要结婚的前一个月的一天，乐爷突然昏倒在他供职的那家酒楼的灶台边。这一倒就再没起来。

在医院里，儿女们流着泪问乐爷想吃什么。乐爷强撑笑脸摆手摇头。在乐爷临咽气时，乐爷拉着儿女的手，脸上第一次没了笑容，悲着脸对儿女们说："我一生中最大的遗憾是，在酒楼耍了几十年的大勺，却没有真正很体面地坐在酒楼里吃过一次饭。如果有来生，我一定要穿戴整齐坐在酒楼里，好……好……"

话没说完，乐爷就咽气了。

儿女们伏在乐爷的身上，哭作一团。

汤　爷

　　汤爷年轻时叫汤大。土改时，汤大是苇子沟的农会主席。汤大带着农民们分了苇子沟地主刘老虎家的田地后，又把刘老虎和他的儿子刘小虎捆起来，押到苇子沟河西的大杨树下。几声枪响，地主刘老虎倒在血泊之中，结束了自己罪恶的生命。

　　农民们一阵欢呼。

　　就在土改工作队队员举枪要射向刘小虎时，汤大喊了一声："慢！"工作队员就放下枪。汤大说："刘小虎的罪行没他爹大，他不该毙。"土改工作队队员就依了汤大，没有毙刘小虎。

　　围观的人说："这个汤大真他娘的浑，他八岁就进了刘老虎家打长工，吃没吃好，穿没穿上，叫刘老虎剥削了三十年，如今倒救起人家崽子的命来了。"

　　汤大听后，并不理会，只是命令农民们把刘小虎架回去。

　　刘小虎捡了一条命。当他知道是汤大救了他的命时，就来找汤大。见到汤大，刘小虎扑通跪下，说："多谢救命之恩！"

　　汤大坐在椅子上，挥挥手，说："什么恩不恩的，以后要听我的话，好好做人，接受改造！"

　　刘小虎一个劲点头，说："那一定，那一定。"

　　从此以后，刘小虎老老实实接受改造。汤大叫他干啥，他就干啥，叫他向东，他不敢向西。苇子沟哪家有个事，跑道送信，只要汤大吩咐一声，刘小虎就乖乖地去……苇子沟成立苇席厂时，汤大当选为厂长。汤大每天给工人派活时，都把厂里最苦、最脏、最累的活分给刘小虎干。刘小虎没有怨言，每次都把汤大分给他的那些最苦、最脏、最累的活完成得干净利落。汤大见后相当满意，就拍着刘小虎的肩，说："干得很好，就照这样接受改造吧。"

刘小虎又一个劲点头："那一定，那一定！"

……

一晃，几十年过去，汤大上了年纪，苇子沟的人开始叫他汤爷。上了年纪的汤爷，闲在家里憋闷时，就派自己儿子把刘小虎唤来，叫刘小虎陪他唠嗑儿，给他捶背。这时的刘小虎已是五十多岁的人了，但他在汤爷的面前，却像孩子一样听话。他心甘情愿给汤爷捶背，心甘情愿陪汤爷唠嗑。

汤爷的儿子见后，就有些难为情，说："爹，您以后别总支使刘小虎，这多不好。"

汤爷听后，说："屁，我救他刘小虎两次命。土改时救一次，'文革'时救一次，我和他之间是有个人感情的。"

……

汤爷八十岁那年的秋天，得场重病，一病未起。生命弥留之际，刘小虎赶到汤爷的病床前。

刘小虎问汤爷："汤爷，有件事您必须告诉我，不然我死也不明白。您为什么救了我刘小虎的两次命？"

汤爷对刘小虎的问话，好像早做了准备。刘小虎的话音刚落，汤爷就说："我救你是为了用你，懂吗？你爹用了我三十多年，我也用了你三十多年，咱们之间就算扯平了。"

话毕，汤爷就咽气了。

身后
的人

生　命

　　这是北方白雪皑皑的冬天，苇子沟的猎人张大挎着那支爷爷留下来的老式猎枪，走在雪花飘飞的山林里。

　　这天，是苇子沟入冬后的第一场雪。张大踩着没脚面的雪，在林子里奔波了大半晌，却连根兔毛都没见着。

　　这是怎么了？偌大的林子，兽们都跑哪去了？张大这样想时，就靠在了一棵很大的榆树背上，掏出随身带着的面馍，又用手把积雪浮层上面的灰尘，很小心地拂去，把手伸进雪的深处，抓出一团很白很白的雪，然后女人似的，揉成一个很圆很圆的雪球。

　　张大啃一口面馍，就咬一口雪球，啃着，咬着……

　　吃饱后的张大，看着手中没有一只猎物可背下山去，就突然想起作古多年的爷爷，想起爷爷说过的一句话：猎人进山，如果没有令人满意的收获，是猎人的耻辱！

　　想到这，张大就站起身，在苍茫的冬日里，顶着尖厉的风声，向林子深处走去。

　　他那长长的双腿，在林子里走起来很敏捷。不知走了多久，张大觉着身后有异样的响动，凭着猎人的直觉，张大迅速提枪转身。转过身的张大，看到六十米以外有一只黑熊，准备向他进攻。

　　张大的神经就被这黑熊刺激得一下兴奋起来。他醉汉一般，瞪着两只发红的眼睛，冲黑熊吼道："来吧，老子等你多时了！"

黑熊并不动，只是坐在那里静静地望着张大。张大平端着枪，枪口对准了黑熊的心窝，但张大没敢贸然开枪，只是和黑熊对峙着。只一会儿工夫，黑熊就按捺不住了，它突然向前冲来，这时的张大，怀着一种莫名的激动扣动了扳机。

糟糕！扳机没有扣动。再扣，仍然没动。熊是很聪明的动物，有思辨能力，它看张大的肩头颤动两下后，并没有声响发生，就判断出张大的枪出了问题，便迅猛地冲过来，一掌打掉张大手里的猎枪，接着就又把张大扑倒。

熊并不急于吃掉张大，它坐在张大身上，用两掌抚弄着张大的脸和肩。熊用舌头把张大的脸舔得鲜血淋淋，张大的耳朵也被熊掌掠去一只。

张大本想挣扎，可这庞然大物坐在身上，使他丝毫动弹不得。张大就闭上眼睛，有泪水从眼里流出。他知道这回肯定是熊口难逃。

张大就睁开眼睛，想最后再看一眼蓝天衬托下的白色山巅。然后，再任凭黑熊以任何一种方式把他吃掉。

然而，就是这一眼，却似上帝感召一般，拯救了张大的生命。

张大在白色的山巅上，看到一个穿红袄红裤的女人走着。女人走得很慢，一扭一扭的。女人的腰很细，臀却很丰满，叫张大在熊的身下生出许多联想。张大全身就激动不已，三十岁的光棍汉第一次这样细地瞧女人，也是第一次知道女人原来是这样耐看。

男人的生命和女人的生命的结合，一定是很滋润、很美丽的事情。张大想。

张大知道自己辉煌的生命里，还应该有很滋润、很美丽的事

身后
的人

情呢！张大就用心想逃出熊口的办法。情急之下，张大突然想到腰里的那把猎刀。张大就偷偷很小心地用手把猎刀摸出来，趁黑熊还在得意玩弄他之时，把猎刀狠劲地、深深地扎进熊腹，黑熊的身子就整个一颤。张大又迅速拔出刀，双腿向上猛劲一蹬，熊这个庞然大物就四仰八叉仰倒在雪地里。张大又一个鱼跃跳起，扑在熊的身上，用猎刀一刀又一刀猛刺着熊腹……

熊没有一声哀鸣，便蹬腿归天了。

张大以从来没有的亢奋，抹下脸上的血，爬起身，歪歪斜斜地向山巅奔去。他要追上那个从山巅上消失了的穿红袄红裤的女人，他要告诉这个女人，是她救了他张大的性命。

恶　疾

苇子沟有江，还有山，山水并存，是一块福地。

苇子沟的福山在江上捕鱼时，捕到一条很怪的鱼。这条鱼并不大，有两斤那么重。这怪鱼的头尾极小，而腰身却粗壮肥硕。再者，鱼的周身布满黏性很强的白毛，冷眼看去，看不出是鱼，倒像是一种带毛的小动物在摇头摆尾。

福山是捕鱼的后生，初谙捕鱼之道，难以辨认出这是什么鱼。于是，福山就请来汤爷，叫汤爷来给明辨。汤爷是苇子沟的捕鱼高手，很受大家的敬重。汤爷大半生都是以捕鱼为生，见多识广，在鱼上面的学问可大着呢。

汤爷来后，蹲在圆形的木盆前，细细地观看装在木盆里的这条怪鱼。汤爷一只手在木盆的水中搅动了几下，那鱼便用尾将水弄得噼啪作响。汤爷站起身，用毛巾揩一下手后，对福山说："这鱼叫黄哈鱼，属罕见之鱼，珍贵之物，几十年也捕不到这样一条鱼。"

福山听后，面露惊奇。

汤爷又说："这鱼我还是在二十年前捕到过一条，后来再也没有见过。"说着，汤爷的神思就好像沉浸在一种遥远的回忆之中了。

汤爷说："此鱼珍贵之处在于，腹中藏有鱼黄，鱼黄与牛黄有同等之功，袪凉、镇静极佳。"

福山的神情立即严肃了，一脸认真地听着汤爷讲。

汤爷说："可惜，那时我剖鱼腹时不慎，把鱼黄弄坏了，便没有卖上大价钱，你把这条鱼先养着，养上半年再剖腹取黄，便能卖个大价了。"

福山点点头，说："谢谢汤爷指点。"

福山就开始精心地养着这条鱼。福山每天都给这条鱼换水，撒饲料，然后便蹲在木盆前非常欢喜地看这条鱼。然而，在他精心喂养了一段时间以后，福山惊异地发现，这条鱼身上的那种黏性很强的白毛褪去了。褪去白毛后的鱼便显现了真面目。

这鱼就是一种很普通的草根鱼。沮丧的同时，福山想：这条草根鱼为什么长出了那些白毛来呢？福山去找来有关鱼的书。书曰：鱼体生白毛，乃鱼病，属恶疾一种。

福山看罢方悟。

福山想起汤爷，笑了。

又几日后，福山在街上遇到了汤爷。汤爷问："福山，那条鱼养得还好吧？"

福山说："还好。"

汤爷说："一定好好养着。"

福山说："是，我一定好好养着。"

说者听者都一脸的一本正经。

其实，那条鱼在前一天就被福山摆上餐桌了。

陈二和王五

苇子沟的陈二和王五都是很有意思的人，下面来听听他俩的故事吧。

陈二和王五是好朋友。

陈二二十四五岁的样子，浓眉大眼，梳分头，总爱往头发上抹头油，是个挺帅气的小伙子。

陈二走路时腰板挺直。王五走路总塌着腰，低着头，像脚下有多少银子要捡似的。

为此，王五老婆就常奚落他说，人精明不精明，从走路的姿势就能看出。

王五老婆的言外之意：看人家陈二！

王五想：老婆怎么能把我和陈二摆在一起品头论足呢！陈二正是脸上长青春痘子的年龄，而自己已经是酸菜缸里泡过的——又烂又软的中年男人了。

一天，王五正在家里闲着无事，胡同里传来小贩叫卖羊皮袄的声音。王五老婆就说，王五，你买一件吧，快入冬了，穿着抗风暖和。

王五说，我最信不过走街串巷卖东西的那些小贩子。

老婆听后说，买吧，不要把人都想得那样坏。

王五就下楼，见陈二正与小贩讨价还价，阳光下他那大分头油光闪亮。小贩带着一大帆布包的羊皮袄，一口咬住一个价，说，这绝对是真羊皮的，假一赔二！

陈二说，世界上没有绝对的东西，少糊弄我。陈二边说边在小贩的大帆布包里挑选。左挑右选，也未挑出合意的一件。陈二挺腰抬头时，看见小贩身上穿的那件是新的羊皮袄，便眼睛一亮对小贩说，算了，我不选了，就买你身上穿的这件吧！

小贩露出怪异的神情说，你这人真怪，我身上穿的不是和包里的一样吗？

我就买你身上这件了。陈二很固执地说。

小贩想想就说，好，既然你看中了，就卖给你吧！

说完，小贩就把身上的羊皮袄脱下给陈二。

陈二接过，付钱后走了。

王五呢，先付钱，然后像抓阄儿般从包里抓出一件，就塌着腰转回家。

转眼，冬天就到了，王五有朋自远方来。王五在苇子沟上好的酒馆，备了一桌丰盛的菜肴，招待朋友，邀陈二作陪。

席间，这位曾做过羊皮生意的朋友，看了王五和陈二的羊皮袄，就用手摸了摸。摸后，朋友说，王五，你这件是真羊皮的，他的（陈二）是假羊皮的。

陈二听后，几乎跳将起来，说，不可能！我就是怕买假货，才买小贩身上穿的那件。难道小贩自己穿的还不是真的吗？

朋友只笑不语。

王五说，陈二，有句话不知道你听过没有？卖盐的老婆喝淡汤。

陈二听了点了点头，觉得王五的话有道理。

红 绸

老两口在苇子沟开着一个煎饼铺。苇子沟的许多人都拿着各种粮食来老两口的煎饼铺兑换煎饼。老两口每天都忙个不停，男的一张张摊煎饼，女的一下下拉风匣。应该说生意做得还算不错的。

尽管这样，老两口的日子仍然过得紧巴巴。什么原因？就是孩子太多，七个，都是一顺水生下来的。因此，老两口在忙完一天后，经常坐在煎饼铺的灶台旁长吁短叹。叹气之后，老两口必到江边扭一段大秧歌，唱几句二人转：看看我爹我娘我的老丈人儿……呀呼嗨呀……老两口边唱，边舞动手中的红绸。红绸在空中如龙翻滚，而老两口的碎步、腰段儿也扭动得那个欢快呀！

苇子沟的人们看后，无一不掩鼻而笑。就有人说：嘚瑟啥，穷得那个鸟样，还有闲心扯这淡！

更有人说：真是心大，快穿不上裤子了，还他妈的扭呢！

当然，这些闲言老两口都听到了。只是，老两口当没听见，依然每天傍晚去江边扭秧歌，唱二人转。一次，老两口正扭得兴高采烈时，女的忽然蹲下，像是腰拧了。男的急步上前，但"哎哟"一声也蹲下了。女的腰拧了，男的脚崴了。这样，老两口就出不了煎饼摊了。

在家养腰养脚。

莘子沟的人来家看老两口时，就说：以后别再扭了，岁数大不禁折腾了。

老两口听后，理直气壮地回答：这苦日子，不扭做啥去？

来人听后，哑口无言。

老两口伤好后，又开始每天去江边舞动红绸。碎步、腰段儿依然那么欢快。不久，男病，医无效，走了。又不久，女终日郁郁寡欢成疾，也走了。

江边上突然没了红绸的舞动，人们心里才突然觉得像缺失了什么。

于是，莘子沟的人们开始怀念江边上有红绸舞动的那些日子了。

手 足

苇子沟的江湖江海是兄弟俩。

像很多兄弟一样，两人的性格相去很远。江湖是那种怎么娇宠也惯不坏的孩子，天生持重沉稳；江海却打小被父亲一手娇惯成浑小子，直到十七岁时把父亲气死算是彻底定了型。

江海天不怕地不怕，除了长他十岁的哥哥江湖。

对江海来说，江湖是唯一一个打他而他不敢还手的人。原因很简单，只要他出了事，无论万水千山，无论酷暑严寒，江湖都会在第一时间赶到江海身边，给他收拾烂摊子。

江海再浑也知道，这个世界上真心关心他并且有能力给他解决麻烦的只有哥哥。

像一切坏小子一样，江海娶了个好姑娘，生了个好孩子；像一切坏小子一样，江海以折磨老婆和岳父岳母为乐事，直到他们产生生不如死的感觉。

哥哥江湖为此把江海打得口鼻流血，但他仍然不能做一个好丈夫。江湖就把江海的婚姻拆散，放好姑娘重觅好人家，而把侄女领回自己家，由老婆精心养育。

江湖心里有期待，盼望着慈祥的时间老人可以重新给他个好弟弟，哪怕江海那时四十岁或五十岁。

可是四十岁时，江海从愣头青成了一个更加纯粹的流氓加

身后
的人

无赖。

在苇子沟，江海总是去各个饭庄白吃白喝，饭庄大掌柜只好去找哥哥江湖。这样江湖每天都要迎着一股葱花味，从兜里给人掌柜掏钱。掏了一个月，当第三轮开始的时候，江湖冷眼面对讨账的人：成心的吗？我告诉过你们两次了，他再去白吃，你们往出轰他，再一再二不再三，这账我不付了！

江海这时候吃喝嫖赌坑蒙拐骗外加烟馆抽大烟，整个成了一废人。江湖抓到他时，他正在烟馆仙着呢。江湖照例给他一顿暴打，最后说：你滚得远远的吧，如果你还知道自己是父亲，为女儿想想，有你这样的父亲，你要她今后怎么做人？

江海走了，一走就是五年，音信全无。江湖从来不提他，但是逢年过节，江湖总是往门外一遍遍地看。

一天，苇子沟警局打来电话，告知江海死在了北平街心公园的木椅上。

北平警方说是这样找到江湖的，他们从死者身上发现一封没寄出的信，信是写给哥哥江湖的。警方按信封地址，联系上了苇子沟警局。

江湖去北平之前要侄女买双袜子：丫头，大伯要出门，想穿侄女买的袜子呢。江湖心里想的是，弟弟是有后人的，弟弟上路时理应带上女儿的孝心。

江湖带了剃头用具，预备了新衣服，给弟弟江海收拾得干干净净、整整齐齐。他一边给江海穿袜子一边告诉他：你的女儿很争气，学习好，性格也好，谁都喜欢她。

江湖在北平的郊区，埋葬了弟弟江海。

第二天，江湖拿上江海生前的照片，去他经常出没的地方。江湖把那里的小饭馆走了一遍，挨家挨户询问照片上的人是否有欠账。饭馆主人们拿过照片看了一眼，就老熟人似的笑起来：他呀，总在我这吃饭，没欠过钱啊。

江湖和老婆有约定，江海的死不能告诉侄女。回到家的时候，侄女第一眼看到江湖时，突然扑上来抓住他的胳膊大哭，吓了他一跳。侄女呜咽着说：大伯，你怎么了？头发全白了，胡子全白了！

江湖这才站在镜子前认真地看了下自己。

看着一下好像老了十岁的自己，看着和江海生得一模一样的眼睛，江湖忽然流泪了，流了一脸又一脸。

身后
的人

名　医

梅子涵是苇子沟的名医，这是苇子沟的人公认的。

梅家是鼎鼎有名的中医世家。关于梅家的来历有很多版本，最普遍的一种说法是，梅子涵的祖父梅春鹤早年是宫里医术高深的御医，后来因为无意被牵扯进宫里的一个事件，不仅丢了差使，还险些丢了性命，就一狠心跑到了东北的苇子沟。

许多年下来，梅家在当地已是屈指可数的殷实人家了。

梅子涵自幼聪颖，勤奋好学，白天从塾师攻读经书，晚上随祖父、父亲学医。他对医学有着特殊的爱好，在弱冠时就通读了《本草纲目》《千金方》《内经》《难经》等医学经典，这便为日后行医打下了扎实的基础。

在祖父的教导下，梅子涵的医术日臻成熟，各科兼能，得到远近推重。祖父过世后，梅子涵独挑大旗，继续光大着梅家祖传的医德医道。凡是来他医室治病者，不待启口言明病情，他已在视行、听声、切脉、望色中，即能揭示是何病症，言之确凿，就似见到病人体内的五脏六腑一般。对于疑难杂症，有的就在患者平日不良嗜好中找到得救之法。有的并不示方，只告患者谨慎起居饮食，化病于不药之中。

大凡别人医不好的病，到最后就只能求到梅子涵的门下。如果梅子涵再治不好，这个人恐怕就时日不多了。今天来的病人是这样的，家里已经为他备好了入殓的棺木和寿衣，来这里是因为仰慕梅子涵的大名，抱着"死马当活马医"的心情来此一试。

梅子涵一边细听家人讲述病人的病史，一边走上前为病人细细切脉，回头开出一个方子，而这方子外人是难得一见的，只留作自家的医案。随后，梅子涵又亲自到后院自家药房配药，梅家的这一规矩始自梅春鹤。待药配好后，梅子涵又亲自将药煎好，要病人立时服下。他嘱咐病人的家人："如果此人能在子夜时分醒来，说明还有存活的希望，不然就真的无药可救啦！"

说来也奇，这位病人在服下药不多时，便有了动静，不到子夜时分，只见他已能微张双眼。此后数日，几服药服毕，病人的状况竟一天好似一天，最后竟能自己起身了。病人的家人为此感激不尽，特地将一面写有"妙手神医　起死回生"八个烫金大字的匾额送到了梅子涵的府上。

梅子涵治病救人的奇事轶闻，在苇子沟几乎是妇孺皆知，人们都尊称他为神医，称他的医术为仙术。经他手医好的病人到底有多少，就连梅子涵自己也记不清了。

多年行医下来，有一件事一直深深困扰着梅子涵。那就是他始终没有找到可以继承他医术的合适人选。

梅子涵膝下有一儿一女，但这一儿一女对祖传的医术竟都毫无兴趣，谁也不肯去接续梅子涵的衣钵。

岁月如白驹过隙，转眼梅子涵已年届花甲，眼看着祖传的医术就要在他这一代失传，梅子涵心急如焚。无奈之下，他只好登出启事，招徒传艺。最终从应招者中挑选了两个人跟自己学医。这时的梅子涵恨不能在一日里，就把自己的所知所学毫无保留地教

160

授给徒弟，但他又深知欲速则不达这个理，这最是急不得的事，只能慢慢来。

不料，天有不测风云，三年之后，梅子涵突然患病，他自己给自己配了一服药，服下却未见好转。不久，病情竟日益加重。俩徒弟见状痛心不已，于是各自小心翼翼为师父切脉、诊病，并各自开出了一个方子，可踌躇半晌，竟都不敢轻易给师父下药，都怕自己药方不当，而延误了师父的病情。

几日后，梅子涵病势加重，俩徒弟只得跟梅子涵的家人商量，把师父送进省城的一家中医院。一名年轻的中医在诊过梅子涵的病后，马上开出了方子，谁料，不等药煎好，梅子涵就断气了。

师父突然撒手人寰，俩徒弟心存疑惑，便追问那位年轻的医生，自己的师父究竟患的是什么病，竟会这么快就走了！那位医生告诉他们，其实也不是什么大病难病，只是普通的肺热，但因医治不及时，虚火上升转而成了急症，如果当初医治及时是不致搭上性命的。

俩徒弟听后立时都红了脸，愧疚地低下了头。

后来，当省城的那位年轻的医生得知被自己诊治的人，就是苇子沟大名鼎鼎的梅子涵时，禁不住大惊，继而摇头叹息："想不到能让人起死回生的一代名医，竟然死于这样的小病之上，可悲呀！"

书 患

　　苇子沟有一位袁先生，斯文、个高，却极瘦。苇子沟人议起袁先生的瘦，都说"他的瘦，是书弄的"。

　　这样说是有缘由的。袁先生嗜书如命，常把书比作自己生命的一部分。他读书可以不吃不喝，更不用头悬梁，锥刺股，也能读个通天通宿。久之，袁先生就被弄成猴一般瘦。

　　袁先生喜欢读书，也喜欢买书，用袁先生的话说："过日子家什可无，书却不可无！"袁先生和夫人结婚十余年，家里四壁藏书有顶棚之高，袁先生在苇子沟可算是位藏书泰斗。

　　袁先生家中藏书虽多，他却颇爱到外面借书读。借同僚的，借学生的，借学校图书馆的，凡有书可借，必借来读，并且读起书来如痴如醉。

　　一夜，已是月挂中天，袁先生仍手持一卷于书室的案前，琅琅高声："噫吁嚱，危乎高哉！蜀道之难，难于上青天！"夫人惊醒，披衣起床来到书室，对先生说："这么晚了，明天读不行吗？"袁先生仍手不离卷，眼不离书，对夫人说："不行，这书借时讲好，明天必还！"

　　夫人无奈，叹气摇头刚要离去，却突然发现先生读的是《李太白诗选》，就很惊讶地问先生："《李太白诗选》咱们不是早买了吗？"

身后
的人

听后，先生甚惊，抬起头："真的买过？"

夫人点头。

先生大喜，急起身到书架前，甩甩胳膊，揉揉酸眸，竟真从书架里找出了《李太白诗选》。

夫人就对袁先生说："书都把你弄瘦了，也弄糊涂了。"

先生摇摇头，抬头的时候露出一脸苦笑。笑后，遂与夫人入寝。

人常说光阴似箭，却也是这个道理。谁也不曾留意什么，二十年就这么过去了。

二十年后的袁先生，被书弄得越发地瘦了，整个人精瘦一条。那身上的薄皮裹着一身瘦骨，让人看着着实怜惜。一日，袁先生感觉身体不适，就躺在床上，这一躺就是十来日，身体仍有些不适。

袁先生不知自己患了什么病，就觉得全身筋骨酸痛。夫人劝他去看医生，袁先生很固执地摇头。袁先生让夫人把床挪到书房，他说他离不开书。夫人照办后把他搀扶到书室的床上。袁先生于书室的病榻上，看到四壁的书，精神上就得到了很大的安慰。

又一日，袁先生的老朋友来看望他。朋友落座之后，袁先生就指着四壁的书，对朋友说："我这一生书没少读，却都是借人家的。可惜自己藏了这么多书，却没有一本真正看过。"

朋友听后，不解，惊讶地问："真有此事，这是为何？"

袁先生说："我总有一个怪想法，书是自己的，什么时候读都行，借人家的书，就得抓紧读，抓紧还。"

朋友听了想想，就劝先生，说："先生有这样的想法并不怪，这很合乎正常人的思维，只是青春易逝，人生苦短啊！"

　　这一年的年底，袁先生的病也未见起色。不久，他故去了。死的时候眼睛是睁着的，是他夫人用书给他合上的眼睛……

　　袁先生和夫人只有一个女儿，他女儿在苇子沟开了一个很大的饭庄，是苇子沟的富商了，对书丝毫不感兴趣，就常对母亲说："妈，我爸留下的那些书咋办好呀？！"

　　袁先生的夫人望着四壁顶棚高的书，叹气说："是呀，愁的是这些书可咋办呀！"

杀 蛇

　　男人是在苇子沟发了财以后，用好多好多的钱，和好多好多的花招，把小他十几岁的女人弄到手的。

　　那时，女人还是女孩，女孩在苇子沟女子师范读书。

　　男人认识了女孩，女孩很爱笑，笑得还很甜，男人就被女孩那一脸甜甜的笑，搞得寝食难安，魂不守舍了。

　　男人就开始在女孩身上用心计。

　　男人请女孩一次次去苇子沟有名气的大饭庄吃饭，男人还为女孩从省城秋林商场，买来一套套的高档旗袍。

　　初时，女孩不肯接受。

　　女孩说：我有何资格接受你这么贵重的礼品呀？

　　男人说：没关系，我是你哥哥。

　　男人又重复道：是那种比亲哥哥还亲的亲哥哥。

　　女孩听后，就又露出一脸甜甜的笑。

　　后来，男人又从省城金店为女孩买来一堆黄灿灿的金饰品。

　　女孩也收下了。

　　男人的胆子就壮了起来。男人的手开始在女孩的身上肆无忌惮地摸。男人的唇也开始随意地往女孩的唇上碰。

　　这些，女孩都默认了。

　　兴奋起来时，男人就要求女孩脱下裤子，和女孩做那种事情。

但女孩宁死不从。女孩说：我们做到这一步就可以了，再向前跨越一步就对不住你妻子了。

男人说：我不爱我妻子，在她面前我永远没有激情。说完，就搂过女孩，低下头，一脸的悲戚状。

男人知道，对付这样的女孩不能硬来，应该用心计。

一次，男人又来找女孩。来前，男人用手抓破了自己的脸和脖子。见到女孩，男人就又一脸的悲戚状，向女孩诉说着妻子如何凶残地用手抓破他的脸和脖子，然后又绝情地把他赶出家门。女孩听后，心顿时就软若柔水，一脸甜甜的笑容没了，有泪水从两只漂亮的大眼睛里流出来。

男人得逞了，抱起女孩走向床。女孩这次没有拒绝，女孩还把男人抱得很紧很紧。瞬间，女孩就变成了女人。之后，男人购买了一个四合院，开始金屋藏娇。

男人规定女人不许去工作，男人还不许女人同其他男人来往。女人像鸟似的被男人养在四合院里。

一年后，男人就很少再到四合院里来了。

女人一个人孤零零地守着四合院。女人终于耐不住寂寞，勾搭上一个小男人。这个小男人是苇子沟老鼎丰糕点铺子跑差的，女人买点心，小男人经常给女人上门送点心，一来二去，女人和小男人就好上了。男人发现后，并没有责怪女人。

男人从市场上买回一条活蛇。

男人用一根很细的绳，拴住蛇的脖子，然后把蛇挂到院内的树上，把女人喊来，叫女人看他如何杀蛇。女人怯着一双眼，胆战心惊地看。

身后
的人

男人用刀子剥活蛇的皮。不一会儿，整个的一张蛇皮就被男人剥下来，男人的双手弄得血淋淋的。

女人见罢吓得双手捂住脸。男人就哈哈大笑。

男人说：女人就是蛇呀！

女人听后顿时就昏了过去。

几日后，女人也用一根很细的绳，把自己像蛇一样地挂到了院内的树上。

乞丐与富婆

乞丐每天都在苇子沟西街口的南味斋酒楼门前向过往的行人行乞。久之，乞丐便知道这家酒楼的老板是一个富婆。

乞丐每天都能看见富婆自己驾着车来酒楼。乞丐每天都仰着脸看着从酒楼门前进出的富婆。于是便有了向富婆乞讨的那种强烈的愿望。

每当富婆从酒楼里走出来，乞丐便迎上去，几次欲伸出的手都被富婆那不凡的气质及那一身珠光宝气震慑得缩了回来。

几次对富婆乞讨不成，乞丐后悔不迭。

后来，乞丐这样想：自己身为乞丐，饭都吃不上了，还顾及什么自尊和脸面呢？

有了这样的想法之后，乞丐便有了向富婆乞讨的勇气。一天，天正下着大雨，富婆撑着一把雨伞从酒楼走出，乞丐便顶着雨走向富婆，低着头对富婆伸出了一双手。

富婆先是愣了一下，然后凝神看了乞丐一眼，便从自己很精致的皮包内往外拿出几块银币来，刚要递给乞丐时，天空突然闪出一道蓝光。这道蓝光闪过之后，乞丐与富婆同时感到脚下的地面一阵松软，瞬间他们便双双被送到一个黑暗的世界。

不知过了多久，乞丐与富婆同时醒来。富婆在黑暗中感觉到乞丐的那双手紧紧地护着她的头部，富婆的心里就涌过一股暖流。

身后
的人

乞丐把自己的双手从富婆的头部挪开。无意中那双手碰到了富婆的一只手，乞丐发现富婆的这只手里紧紧地攥着什么。这时，富婆动了一下身子，把手里攥着的东西递到乞丐的手里。乞丐知道富婆递到他手里的东西是几块银币。

乞丐和富婆明白了，他们此时是遭遇了地震。

黑暗中，富婆发出一声无奈而沉重的叹息，说："唉，真是生死有命呀！"

乞丐说："富贵在天。"

然后两人都无语，默默地守着黑暗中那一种令人心悸的宁静。不久，两人又都沉沉地睡去。乞丐先醒了。醒来的乞丐觉得腹中空空的，口也干渴得很，乞丐便从胸前他挎着的那个脏兮兮的包内摸出仅有的一张饼和半瓶水。乞丐手里拿着饼刚要吃，却突然想到富婆，想到富婆的命比自己的命值钱。想到这儿，乞丐决定把生还的希望留给富婆。

于是，乞丐又把饼和水小心地放回包内。

这时，富婆醒了。醒来的富婆有气无力地问："饿死我了，有没有吃的？"

乞丐说："我这儿只有一张饼和半瓶水，都是我乞讨来的，你不嫌脏就吃吧！"

富婆说："现在还谈什么脏不脏。"说着她就要抢那饼吃。

乞丐闪开一些说："这饼你每次只能吃两口，因为我们要靠这张饼来延续生命。我们的生命每延长一天，生还的希望就会大一些。我相信，会有人来救我们的。"

富婆听后点点头，顺从地吃了乞丐递过来的饼，只咬了两小口。然后，乞丐又让富婆喝了一小口水……这样，当富婆饿得支撑不住时，乞丐便如法炮制，而他自己只是捡点饼渣充饥。

他们靠着这张饼和半瓶水，在生死线上挣扎了七天七夜。乞丐和富婆都饿得昏沉无力。富婆躺在那里一动不动，气若游丝。

乞丐躺在那里用涩涩的舌尖舔着干裂的嘴唇。乞丐想动一动身子，但是因为没有力气动弹不得。

两个人躺在那里等待死亡的来临。富婆突然用极低的声音问乞丐："你结过婚吗？"

乞丐有气无力地答道："没有。"

富婆又问："你知道女人是怎么回事吗？"

乞丐答："不知道。"

富婆就又问："难道你不想在临死之前知道女人是怎么一回事吗？"

乞丐答："想。"

富婆就说："那就过来吧！"说完把乞丐的手拉过来，放在自己的胸上。

刚才还连翻身的力气都没有的乞丐，这会儿突然有了力气。他翻身紧紧抱住富婆。正在乞丐非常投入地亲吻富婆时，突然头顶"哐当"一声，接着便是一道刺眼的白光射进来。乞丐还没明白过来是怎么回事时，富婆却异常兴奋地一下推开了乞丐，说："听，上边的人在救我们！"

白光的缝隙越来越大，当人们把乞丐和富婆救上来时，两人都已处于昏迷状态，救援的人直接把他们送进医院抢救。

乞丐和富婆在医院里住了半个月。

出院后，乞丐仍做他的乞丐，富婆仍做她的富婆，谁也没有因为这场地震而改变什么。

有一天，乞丐在富婆的酒楼门前乞讨时，富婆走了过来。富婆看了一眼乞丐，皱一下眉，然后走向乞丐，对他说："走，坐上我的车，我请你吃饭。"

乞丐就坐上了富婆的车。富婆驾车来到市郊的一个小饭庄。在饭庄的一个小包房里，富婆点了几道菜，然后给乞丐和自己斟上一杯酒，举起杯对乞丐说："来，为我们大难不死干杯！"

乞丐满脸受惊状和富婆干了杯里的酒。吃了饭，富婆付完饭钱后，从包里拿出一张汇票，递给乞丐说："这张票子上的数额足够你享用一辈子了。我希望你拿着它远离这个城市。关于……地震时的事，我希望你能永远失去记忆。"

出乎富婆意料的是，乞丐并没有接受她的这张汇票。

乞丐把汇票还给富婆，说："你放心，当那天的一道白光闪过之后，我就将地下发生的事全部忘记了。"

说完，乞丐站起来向门外的街上走去……

山西面馆

苇子沟清水街上有一家山西面馆，是山西人刘来宝开的。

刘来宝二十多岁，个子不高，方面大耳，由于常年在面案上压面、抻面、打面，两只胳膊练得粗壮有力。

刘来宝为人和善，见了熟人总是主动点头打招呼：中的呀？（山西方言：干什么去啊？）

山西面馆店面不大，能放十几张桌子，但面食做法全：煮、蒸、煎、烤、炒、烩、煨、炸、烂、贴、摊、拌、蘸、烧等。

面馆收银台右侧墙上，挂有各种面食的牌牌：刀削面、拉面、剔尖面、刀拨面、剪刀面、猫耳朵、揪片、擦圪蚪、一根面、焖面、柳叶面、饸饹面、包皮面、手擀面、莜面栲栳栳、莜面鱼鱼等。

牌牌下面放一方形案桌，上摆四样小菜：土豆丝儿、白菜丝儿、海带丝儿、干豆腐丝儿，口味或咸或甜，客人自选。此外，还备有一壶红枣泡水，这些都是免费的。

刘来宝的主打是龙须面。

龙须面古已有之，传说"龙须"是皇帝赐名。清水街上的邻居们，在寿诞生辰，聚会团圆时，常到刘来宝的山西面馆吃龙须面，以求长寿和喜庆。

刘来宝讲究买卖透明，让顾客吃着放心，他的后厨和饭厅是

身后
的人

通的，客人坐在饭厅等面，就能看到刘来宝做龙须面的现场表演。

刘来宝立于案前，双手反复揉搓面团，把面弄成一厘米厚的长形面块，然后分成条状，用手压平，向案板上摔打成条。擀成片状后，刘来宝略歇会儿，就用刀将面片横切成小手指粗的长条，抹上香油，手握两端向外抻拉。这时，刘来宝会把越拉越细长的面，单手缠绕，举过头顶，甩上几圈后，把面投入锅内。面煮开，放入青菜烫熟，一碗龙须面就成了。

饭厅等面的食客，见此，都拍掌赞叹！

不知是从哪一天开始，刘来宝发现，有一个大高个子的顾客，经常来面馆吃面。这个顾客四十多岁，个子细高，窄脸，戴一副近视眼镜，看着很斯文。

细高个向刘来宝自我介绍说，他叫徐之文，在苇子沟私立中学教书，特别喜欢吃山西面，尤其是刀削面。

徐之文每次来到面馆，坐定，便吩咐跑堂的伙计：来一大碗刀削面，面加宽，汤加辣，少放黄豆酱，多放几片白菜叶。

吩咐完之后，徐之文去免费区自选了一碟豆腐丝，倒了一大碗半温的红枣水。一碗温水喝完，面上来了。徐之文淋上老醋，就着豆腐丝吃完走人。

有时吃高兴了，客人又少，徐之文就多坐一会，和刘来宝闲聊。徐之文对刘来宝说：你知道古时人们把面条叫什么吗？

刘来宝诚实地回答：不知道。

徐之文说：叫不托。意思是用刀把面饼或面直接切成条状后再煮食，不用手掌托着。

徐之文还说：面食名称有多种，东汉称之为"煮饼"；魏晋则名为"汤饼";南北朝谓"水引";而唐朝叫"冷淘"。

徐之文的介绍,让刘来宝听得津津有味的,他没有想到,面食的文化底蕴这么深厚。

这以后,刘来宝对徐之文敬重有加。

日军进驻苇子沟后,人们开始惶惶度日,山西面馆的生意也冷淡下来。

伪警署的小岛警督,吃好了山西面馆的拉面,每天都带着翻译官来吃一次面。

刘来宝对小岛十分厌恶,做面时表现出极大的不耐烦,狡猾的小岛发现后,拔出手枪对着刘来宝说:不好好伺候皇军,死了死了的。

翻译官一脸媚笑地给刘来宝翻译成中国话。

当时,徐之文也坐在一边吃面。

小岛走后,徐之文就过来对刘来宝说:遇事不能硬顶,保全自己才是赢家。你顶那几下有什么用?要从根上……

后来,小岛再来面馆,刘来宝就笑脸相迎,高兴时还会给小岛做个醋熘白菜。

小岛暗自寻思:还是枪管用啊!

一天傍晚,小岛带着日本宪兵队包围了山西面馆,刘来宝被抓走了。

……

补记:

苇子沟解放许多年以后,一本文史资料记载:刘来宝,山西

身后
的人

吕梁人，在苇子沟开山西面馆时，结识了中共地下党员徐之文。由于刘来宝思想进步，有爱国热情，反对日伪，被徐之文秘密发展为中共党员，从此山西面馆成为苇子沟中共地下党的一个联络站。苇子沟解放前夕，许多重要的情报，都是通过山西面馆传递出去的。后因叛徒告密，刘来宝被逮捕。在日本投降撤出苇子沟前一个月，刘来宝在监狱被秘密杀害，卒年三十二岁。

马凤琴

马凤琴十八岁那年，母亲病逝，她带着患有哮喘病的爹，从热河逃荒来到苇子沟。不逃不行了，爹饿得瘦骨嶙峋，她自己也饿得连走路脚下都散花。

刚来时，马凤琴是投奔老乡"大闷头"的。

"大闷头"在热河葛峪堡，是有名的大财主，话语虽不多，但做事心中有数，大巧若拙。因为被匪徒"砸孤丁"，赎票之后，每天仍提心吊胆，恐匪徒再来，为求安稳避祸，"大闷头"在一个深夜，套上自家的大马车，带着家人和细软直奔关东。

到了苇子沟，"大闷头"在仁义巷购了三间大瓦房做产销白酒和豆油兼带杂货生意。

几年下来，"大闷头"赚到了钱，便又重新购房，在南基街选了一个长形连脊的十余间筒子房，立商号为"顺昌烧锅"，形成了一定的经营规模。

在葛峪堡时，马凤琴给"大闷头"家做过洗衣短工，当时"大闷头"对马凤琴印象挺好的。马凤琴听说"大闷头"在苇子沟把生意做大了，就带着爹投奔"大闷头"来了。

在顺昌烧锅门前，马凤琴撒眸了下，然后就走进了院子。院子四周是高大青砖墙，院内有屋舍百余间，酒曲房、豆腐房、豆油房、仓库、宿舍、更房、食堂，车棚、牛棚、猪圈等。

马凤琴参观之后，心里较着劲想：要把顺昌烧锅树为自己的人生目标，就从这里起步吧。

见了"大闷头"，"大闷头"不仅念及乡情，也觉得马凤琴这个丫头干活是块好料，不耍滑藏奸，这一点在老家热河葛峪堡时，他就看出来了。

"大闷头"对马凤琴说：难得你这么远过来投奔我，这是对我的信任。这样吧，我安排你爹喂猪，你去后厨选菜择菜，闲了帮洗洗衣服。除了供吃供住之外，给你爷俩的工钱肯定比别人高。

马凤琴听后想了想，问：东家，除了洗菜择菜和洗衣服，还有比这个工钱高的没有？

"大闷头"立即回答：有，但不是你这个丫头能干的活！

马凤琴倔强地说：我能干！说吧，是什么活？

"大闷头"惊异地睁大眼睛，看一眼马凤琴说：那你去油坊吧，那儿的工钱高。

马凤琴虽是女儿身，但个头高大，胳膊粗腿壮，活脱脱一个假小子模样。马凤琴在油坊里和男人一样，干那些笨重的体力活，把蒸好的豆秕用"油包草"包上，再用圈箍，上垛，双脚踩实后，再用吊起的石油锤悠打。

整套程序下来，马凤琴累得腰酸腿疼，但她的内心是欢快的，因为每劳动一天，离心里的目标就近了一步。

五年后，也就是马凤琴二十三岁这一年，她用五年来的积蓄，在南巡街购了三间门市房，自立门户。马凤琴虽然掌握了"大闷头"的白酒、豆油的制作方法，但她避开了，开了一个山货庄。

马凤琴的"山货庄"开张后，送货的人很多，因为马凤琴开出的价钱好。

山货庄经营的品种有：蘑菇、木耳、榛子、山梨、山野菜、山鸡、野兔、山核桃、山参、野生马齿苋、野生香草、山葡萄、野山药等。这些山货要分类整理，有的还要晾晒，马凤琴和病恹恹的爹有些忙不过来，便招来一个伙计。

伙计叫张豆芽。

马凤琴开玩笑说：一个大男人，起了这么脆嫩的名字，豆芽，一掐就碎。

张豆芽说：我妈生我那天早晨，正好我家发的豆芽出盆了，就给我取名张豆芽。

张豆芽还告诉马凤琴，他老家在山东益都，因为闹饥荒，他就和村里的人出来了。到了苇子沟，他是靠力气吃饭，给各店铺当杂工。

说这些话时，马凤琴的爹坐在边上也听到了。

人非草木，日久生情。马凤琴和张豆芽两个人互生好感。张豆芽大马凤琴两岁，对马凤琴和她爹可以说是百般地好，每天都早早起来，给水缸担满水，然后扫院子做饭，不让马凤琴伸一下手。

一天，张豆芽去大顶子山联系山货时，家里的马凤琴就和爹说：爹，我想嫁给张豆芽。

爹听后，似噎了一下，倒了几口气，对马凤琴说：闺女，这小子哪都好，只是那天和你说起老家时，我发现他的眼神有些难以捉摸，这个让爹不放心。

马凤琴说：爹是想多了。

身后
的人

爹的哮喘病越来越重了，中、西药治疗都不见好转，最终爹还是走了。

马凤琴在黄山墓园厚葬了爹。

爹去世一周年之后，马凤琴嫁给了张豆芽。

一年后，马凤琴生了个儿子。

马凤琴和张豆芽商量，给儿子起名字叫张苇子，纪念儿子是在苇子沟出生的。

日子顺风顺水地过着，生意也越来越好，儿子张苇子也健康快乐地长到了两岁。就在这时，发生了一件大事——一件让马凤琴一辈子都忘不了的大事。

那天山货庄门前，来了一个女人。女人斜挎着蓝花粗布包袱，左手牵着一个男娃，右手牵着一个女娃，男娃十岁左右的样子，女娃看上去比男娃小一两岁。女人领着两个孩子一脚跨进店铺里，马凤琴和张豆芽同时看到了。

张豆芽操着山东口音问：孩儿娘，你们咋来了喽！

女人说：我们在老家那边过不下去了，就来寻你了，问了几个老乡，告诉俺你在这开店。

马凤琴明白了一切，她立即想到了爹说的张豆芽那难以捉摸的眼神。

让爹给说中了。

马凤琴走回住的屋子里，张豆芽跟了进来。张豆芽给马凤琴跪下说：请你原谅，我老家有媳妇儿的事，我瞒了你。

马凤琴不语，泪水无声地流下来。

后来，马凤琴说：他们娘仨也不容易，我不怪他们，我怪的是你，不该瞒着我呀！你这是毁了我。

马凤琴离开了苇子沟，她把山货庄全部留给了张豆芽，自己带着积蓄，领着儿子张苇子走了。

马凤琴去奉天，投奔姑姑去了。

临走时，马凤琴把儿子张苇子的姓给改了，叫马苇子。

身后
的人

秘　密

欧大要回一趟关里的家。

从关里闯到关东，二十多年，一次没有回过老家，欧大心里一直惦记着爹娘。

那时年轻，十八九岁，做事不过脑子，听人说黑龙江边的金子多，欧大就和同村的几个小伙子跑了出来，开始了淘金梦之旅。

几个月后，经过步行和扒火车，忍饥挨饿，欧大他们来到了嘉荫的老金沟。到了老金沟才知道，这个地方并非他们想象的那样，满地都有金疙瘩。他们天天抡膀子出力气，拿锹带镐挖金子。几年下来，欧大发现，自己半个金疙瘩都没攒下来，只是混了个吃喝。

欧大准备逃出老金沟。

白露刚过，欧大他们干活的南沟采金点出了"爆头"（采到富集含金矿带），大家庆祝，喝酒划拳干杯，酩酊大醉，口喊发财！

欧大趁机溜出来，悄悄摸到卡口，操起"开山子"（斧头），把看卡子的人砸晕，然后从北沟上山，越过五营子山顶逃到了佳木斯。

欧大在佳木斯找了个澡堂子，净了身，换了新买的行头，坐火车到了苇子沟。刚到苇子沟时，欧大拉黄包车，后又到太古街粮行扛大包。日子久了，粮行老板邱吉祥见欧大人挺忠厚，干活肯下力气，不耍滑偷懒，觉得将来过日子是个好手，便给欧大提亲，要把自己的一个远房外甥女介绍给欧大。

邱吉祥对欧大说，外甥女家住染坊街，父母早亡，一个人顶着两间小草房过日子，你如果同意，搬过去住就算成亲了。但有一点，得先告诉你，外甥女是个哑巴。除此之外，没有能让你挑出毛病的地方。

没有想到，欧大竟很痛快地答应说，我穷光蛋一个，人家不嫌我就烧高香了。

欧大把自己的行李搬到了哑女家里，哑女叫桂琴，桂琴就成了欧大的妻子。

有了自己的家，欧大干活更卖力气，他想多挣钱，让桂琴过上好日子。

有了一些积蓄后，欧大自己经营生意。欧大开过皮庄、山货庄、漆油店、五金店。但欧大觉得这些生意获利不大，就想改做别的生意。正待选择改做哪一行业举棋不定时，一个身穿灰色长袍登门送财神符的卦人，问了欧大的姓氏和生辰，手指捻了捻，告诉欧大说，你今生最适合发财的生意，是吃"鱼"这碗饭，以鱼养家，靠鱼生财，鱼中有欧，欧中有鱼。鱼有欧鳊鱼、欧鳇鱼、欧白鱼、欧鲽鱼……

欧大付了赏票给卦人。

卦人走后，欧大坐在那里，手扶下巴，想了想，信则有，不信则无。欧大选择了信。

魏碑体"欧大鱼店"四个大字挂在深红色门脸上方，欧大的

身后
的人

鱼店在南基街开业了。鱼店开业后不久，一天，门外有一个中年男子，探头探脑地往屋里瞧。欧大也看见了中年男子，他愣神的工夫，中年男子已走进了鱼店，抓住欧大的手说，哥呀，我可找到你了！

中年男子是和欧大一起闯关东的老乡，因他说话声音大，大家都叫他冯大嗓门。

冯大嗓门说，刚才你在这门口一闪，我就认出是你了。

欧大说，你一探头，我也认出你来了。两人握着手哈哈大笑。

欧大把正在忙碌的桂琴用手势叫过来，给冯大嗓门介绍说，这是你嫂子桂琴。

桂琴看着冯大嗓门，用手拍了拍自己的胸口，表示欢迎。

冯大嗓门看了眼桂琴，又转向欧大说，哥，行啊，找了这么漂亮的媳妇！

冯大嗓门告诉欧大，他现在也在苇子沟谋生呢！在庙胡同给人家卖猪下水。

因为和老乡意外相逢，欧大很高兴，吩咐伙计到草市街买了一大盆子一手店卤肉，电话叫了北来顺的手抓羊排，外加一桶老羊汤。

在鱼店的后院，桂琴摆上了一张大桌，欧大请了要好的街坊邻居陪冯大嗓门喝酒。

大家吃着手抓羊排，喝着辽东的"烧刀子"酒，吃一口卤肉，来一碗老羊汤，吃得喝得津津有味，桂琴桌前桌后忙着。酒至兴处，冯大嗓门突然问欧大，哥，你当年逃出老金沟时，大家都说你弄了几袋子金疙瘩，埋到了地下，这是真的吗？

欧大没有回答，反问冯大嗓门，你说呢？

欧大让冯大嗓门做了自己鱼店的管家，一管就是十余年。

那些年，"欧大鱼店"的生意不错，应了那个卦人的话，靠鱼生财。

欧大坐在红木椅里，手托一把紫砂壶，从漫长的思绪中回到现实。现实中的欧大，就是想回一趟关里的家。欧大买了票，和妻子桂琴坐上回关里的火车。

家里的生意，都交给了冯大嗓门管理。

……

大约有半年的光景，欧大和妻子桂琴回到了苇子沟。回来月余，欧大在清水街买了一座小二楼，欧大和妻子搬过去住楼上，楼下出租给别人做店铺。

欧大对冯大嗓门说，鱼店的生意我不做了，你经营着吧，每年给我点房租就行，如果没有余钱就算了。

冯大嗓门抱拳点头。

自此，欧大成了闲人。欧大身穿长袍马褂，桂琴穿碎花长袖高领旗袍，两人手挽手天天去华乐戏园看戏，偶尔也去俄国人开的西餐厅，吃那里的"奶汁烤鲑鱼"。

欧大特别喜欢吃烤鲑鱼，尤其是它的奶汁味，别的地方品味不到。

欧大买了楼房后，原来的南基街老邻居们一直有疑问，他的钱是从哪里来的呢？

一次，冯大嗓门请欧大喝酒，喝着时冯大嗓门又突然问，哥，我猜你没回关里的家，你是去老金沟了吧？

欧大盯了一眼冯大嗓门，说，净扯淡！

后来，南基街的老邻居们，在茶余饭后说起欧大时，有的人就说，这个欧大也算是个狠角色，为了守住一个秘密，竟然娶了一个哑妻。

刘瘸子

刘瘸子在苇子沟的八杂市以卖猪下水和灌制猪血肠为生。

猪下水即猪舌、猪心、猪肝、猪肺、猪肚、猪脾、猪大肠、猪小肠、直肠、猪皮、气管、食管。刘瘸子每天摆弄这些，已经烂熟于心，用他自己的话说，闭上眼睛，不用看秤，都知道几斤几两。

人们都说，刘瘸子的眼睛就是秤。

八杂市是苇子沟的大市场，有百余家店铺，毗邻四条街，按东南西北四个方向拢成一个大大的"回"字形。

八杂市每天人来人往，家家店铺的买卖都很兴隆。人多生意好，加上刘瘸子的手艺精湛，他的店铺前，每天都里三层外三层地围着人。

刘瘸子卖猪下水分生熟两种，生的洗净，分类装入几个白瓷盆中，放于玻璃橱柜内。熟食放于店前支起的大铁锅内，用大火煮熟后，放入作料，使用小火温着。

每天光顾店铺的人生熟自选。买熟食者，刘瘸子给切好放入纸袋，客人拎走；买生食者，刘瘸子根据客人买的下水部位，赠送一帖子。

比如客人买的是猪心，他的帖子上写：

1.猪心洗净，切花，葱切小段，姜切丝，配以辣椒，切片；

2.先将猪心用开水汆烫过，捞出，另用两勺油炒葱、姜、辣椒，然后放入猪心和所有调味料，炒入味，即盛出。

这些并非刘瘸子最拿手的，只是他店铺的边角活。他最好的手艺是灌猪血肠，每天刘瘸子得灌一百斤的猪血才够卖，否则供不应求。刘瘸子灌制的血肠，在八杂市无人能比，刘瘸子的血肠吃着口感好，软嫩鲜香，入口丝滑，香气四溢。苇子沟的一些商贾豪绅，在宴请重要客人时，刘瘸子的猪血肠，是餐桌上必不可少的一道菜。

刘瘸子的血肠好吃，在于作料上的配比，他有一祖传秘方，一直传到他这一代。

刘瘸子祖上有一位先人，在皇宫做过御厨。先人善于研究，在灌制猪血肠时，除了常用的盐、十三香、猪油、葱、姜、香菜、鸡蛋、高汤等辅料外，他经过自己几年的苦研，添入了一种叫挂金灯的中药。

每年秋季果实成熟时，先人亲自上山，把橘红色的挂金灯采回一背筐，然后除去杂质及果柄，筛去灰屑，晒干，研成碎面，灌制血肠时，放入少许。血肠煮熟，吃着不仅清爽可口，还有祛毒清肺的作用，深得皇帝的赏识，皇帝立即给先人封官加爵。

刘瘸子靠着祖传的秘方发了财，但他不会守财，总去逛妓院，他爱上了在花子巷"大观园"做妓女的唐金芝，即使散尽家财，也要博得红颜一笑。刘瘸子这股劲头，常让八杂市的商户们为他扼腕叹息。

邻店铺卖羊杂的周大嗓调侃说，刘瘸子是宁在花下乐，喝西北风也快活。

卖烀饼的喜二说，"大观园"那真是无底洞，你有一座金山也会被吞掉。

给刘瘸子打短工的伙计徐臣说，你们别饱汉不知饿汉饥，我刘大哥光棍一条，一人吃饱全家不饿，挣钱不花带棺材里去呀！

这时，刘瘸子一瘸一拐地走到周大嗓和喜二面前说，食色性也，缺一不可，我刘瘸子不偷不抢，自己挣钱去图个乐和，碍着谁啥事了？

想一想，刘瘸子的话说得也在理儿，周大嗓和喜二都低下头，就不语了。

后来的一天，发生的一件事，惊动了八杂市的各位商户，刘瘸子在"大观园"被日本特务给抓走了。

知道内情的人说，刘瘸子那天刚到"大观园"和唐金芝见面，日本特务就包围了"大观园"。刘瘸子眼疾手快，他一脚踹开窗，双脚刚点地又弹起，跃上一米多的高墙，跳下地面刚要跑，一个日本特务的手枪一甩，子弹便射向刘瘸子的腿。刘瘸子倒下的瞬间，迅速把一张纸条塞进嘴里。

日本特务围过来，摁住了刘瘸子。

刘瘸子站起来，甩开日本人，自己走向警车。

看见的人都说，刘瘸子根本不瘸。

八杂市的商户们，认为这是不可思议的事情。

据伪警署消息，刘瘸子是苇子沟城外抗日游击队派驻城里的地下情报员，有关苇子沟日本关东军的许多情报，都是刘瘸子通过在"大观园"做杂工的"长条脸"传出去的。

关东军特务本部已在苇子沟全城通缉"长条脸"。

身后
的人

看了报纸的唐金芝对姐妹们说，怪不得刘瘸子一次都没碰过我，原来他是拿我做掩护呀！

……

一天，清水街上的济寿堂药行老板汤爷，吩咐自家大厨说，去八杂市买两斤刘瘸子的猪血肠回来，嘴馋了！

大厨弓着腰回说，老爷，刘瘸子不是被日本人抓了吗？

汤爷听后，袖着手，皱下眉头说，操！忘了他被抓了，这以后吃不上血肠了。

说完，汤爷望了望天空，没再说话。

胡 爷

胡爷一直住在苇子沟，生于斯，长于斯。

胡爷性格开朗，万事愁不倒，苇子沟的人总能看见他笑模悠悠地出现在各种场合。

胡爷有文化，小时候家境不错，念过私塾，写得一手不错的毛笔字，会算命测字打卦，懂一点孔孟之道，通一些周易术数，还善谈古论今。

苇子沟的人只要谈到胡爷，没有不竖大拇指的，谁家有个难断的事，都要去找胡爷商量。

胡爷四十多岁时，媳妇儿因病撒手人寰，扔下两个儿子大宝、二宝，一个四岁，一个三岁。

因为孩子无人照看，胡爷就想续个伴儿。

苇子沟的刘大白话听说胡爷要续弦，便亲自登门找胡爷说，这日子呀，有个女人才是个家，男人又当爹又当妈，终不是个曲儿，别的不说，就这缝缝补补也会把你难出一身汗。还有，每天睡觉被窝里空空的，连个抓手都没有，难熬呀！的确难熬。

胡爷听了刘大白话的一番话后，皱下眉头想了想说，你说的有些道理，过日子没个女人真是难。至于你说的被窝那个事，我倒没有心思想，找个伴儿，主要是帮我把孩子拉扯大，这就行了。

刘大白话接着胡爷的话茬说，我今天来就是想给你说个媒，下不落屯我大姑家的二姑娘慧芝，人好勤快，就是腿瘸，但不耽误做家务活。

一个晴日，胡爷和刘大白话去了下不落屯，见慧芝除了腿瘸之外，长相倒算标致，个头也高。

回来的路上，刘大白话问胡爷，我表妹慧芝怎么样？

胡爷说，还好，能做家务活。

刘大白话听了之后，面露喜色说，那这事就算妥了？

胡爷点点头。

胡爷是个精明人，他在苇子沟城里经营着一家山货小店铺，乡下还有地，播种侍弄庄稼，都是临时雇用一些短工。

秋天，胡爷收了地里的粮食。卖了粮食，有了一些银两，给慧芝做了两身新衣服，下了聘礼，打赏了媒人。冬闲时，胡爷就把慧芝从下不落屯娶回来了。

娶回慧芝后，好日子只过了几个月，胡爷就把慧芝休回了下不落屯的娘家。

胡爷发现，慧芝不善待两个孩子，他经常看见大宝、二宝身上青一块紫一块的掐痕。

从此，胡爷发誓，再也不给孩子找后娘，委屈自己也不能委屈了孩子。

胡爷和苇子沟的人一样，守着日出日落，在岁月里变老。

几年后，大宝、二宝到了该上学的年纪，但胡爷却固执地不让两个孩子上学读书。

苇子沟的人问胡爷为什么，胡爷就呵呵笑着告诉大家，我家有地，可以靠种地吃饭，我让俩儿子知道怎么种地就行了。文化，我还懂得文化呢!

春天,田里播种时,胡爷就把大宝、二宝带到地头上,让他们接触土地,和土地打交道,在土地里和泥玩。到了冬闲,胡爷外出挣钱说书时,就将大宝、二宝托付给隔壁马婶。

日子像流水一样,光阴在苇子沟人手指缝间一天天流过去,在胡爷又当爹又当妈的双重角色中,大宝、二宝也长大了。

大宝、二宝成了两个壮实的大小伙子了。

胡爷用多年的积蓄,给两个孩子相继成了家。

大宝刚结婚时,胡爷和二宝、大宝一起过。

二宝结婚后,大宝和媳妇就张罗着分家。

胡爷笑模悠悠地和两个孩子说,分吧,迟早的事,树大总是要分枝的。

家就分开了。

两个儿子对胡爷的安排是,大宝、二宝轮流孝养,一家一年。

胡爷没说什么,笑模悠悠地遂了他哥俩的意思。

这样,胡爷在哥俩家轮流住了几年后,哥俩的媳妇不愿意了,她们一致同意胡爷出去单独过。无奈,哥俩都很怕媳妇,胡爷就卷了铺盖,但笑容仍在,又回到老屋住了下来。

苇子沟的人见了,觉得不公,在胡爷面前说,你那俩儿子,良心让狗吃了,你为了他俩不受屈,自己苦守了一辈子!

胡爷听了,仍笑呵呵地说,没啥,我也不怨儿子,谁知道他俩咋没他爹这股刚气呢!再说,爹不把儿子养大了,那就真让人笑掉大牙,儿子不养爹,那可多得是,没人笑话。

胡爷八十四岁这一年,身体仍很健壮。为了生存,胡爷每天

身后
的人

还要走街串巷给人算命。

有一天，胡爷算命回来的路上，一辆大马车辕马受惊狂奔，胡爷躲闪不及被撞飞，当场死亡。

苇子沟的老辈人说，七十三，八十四，阎王爷不叫自己去，胡爷是自己去的，胡爷这是活够了。

惊马方给胡爷赔了二十块大洋。

是大宝、二宝去私了的。

苇子沟的人都说赔得少。

大宝、二宝说，不少了，俺爹再活还能活几年！

程之文是苇子沟的私塾先生，他皱着眉头对大家说，胡爷这一生最大的失策是，不应该不让他的两个儿子读书，如果读了书，这笔账就不会这么算了。

劝 匪

　　徐一鸣在苇子沟国立一中读书时，喜欢上了同班同学于美花，两个人海誓山盟，爱得痴狂，可不管于美花怎样发誓忠贞不二，徐一鸣还是忧心忡忡，因为县长的儿子马进财也喜欢于美花。

　　果然，国高一毕业，马进财倚仗父亲的权势，强行娶了于美花。

　　当于美花被人拖进花轿，于府门前轿起的那一刻，躲在暗处哭成泪人的徐一鸣，内心里就有了一个重大决定：他要上山做匪，练了本事后回来杀县长全家，夺回于美花。

　　一天的清晨，徐一鸣给家父留一纸笺，上写：父，恕儿不孝，儿上山做匪去！

　　徐一鸣离家后，来到苇子沟以南的卧虎岭，投到匪首老黑的旗下，当起了胡子。

　　徐父见到儿子留下的纸笺后，大吃一惊，他怎么也不会想到，儿子会上山当土匪。徐家就徐一鸣这棵独苗，能否成就大业暂且不说，就是单凭延续徐家香火，也需要他徐一鸣来完成呀！

　　徐父花钱雇来说客，让他上山劝匪，说服儿子回家。说客骑马来到卧虎岭，凭一张巧嘴闯进山门，见到徐一鸣。无奈，任说客费尽唇舌，徐一鸣也是铁定了心不回。

　　劝儿不回，徐父每天眉头紧皱，暗想着让儿回家的办法，思谋了数日，徐父终于有了招数，他知道打蛇打七寸，儿子也有他的"七寸"。

徐父差人唤来胞弟，与弟弟耳语了一番。弟领命后，到周记点心王买了数十种徐一鸣自小就喜欢吃的糕点，便上山看望侄儿。

到了卧虎岭的山上，经过匪首老黑的准许，叔叔见到了侄儿徐一鸣。

叔叔对徐一鸣说，侄儿，叔叔受你父之托，此次上山是来告诉你，既然你决意做匪，家里也就不难为你，你安心当匪吧！

徐一鸣听后感激地点着头。

叔叔又说，只是你父母天天牵挂你，你也牵挂父母。这样吧，我们做个约定，每晚酉时，我们在家里燃放烟花，你见到烟花升空后，就在山上鸣枪三声，以示双方相安无事。

徐一鸣听了说，叔，这真是个好主意。

从山上回来的弟弟，把和侄儿的见面情况讲给了徐父，徐父听后，脸上露出了笑容。

自此每晚的酉时，徐父便吩咐家里佣人燃放烟花，烟花升上夜空，卧虎岭方向便传来三声枪响。

每晚见到烟花和听到枪声的双方，心里都长出了一口气。

这样的约定，持续了半年左右。有一天晚上，到了约定的酉时，徐一鸣没见到夜空升起的烟花。怎么了？不见烟花，家里一定出事了。徐一鸣心里惴惴不安。好不容易熬到次日天明，徐一鸣便和老黑告假，要回山下苇子沟看望父母。

老黑准了徐一鸣，但他提醒说，干咱们这行的，做了匪就不能从良，这是规矩，你全家人的性命都拴在你腰带上了，这个你懂吧？

徐一鸣点点头说，我懂。

徐一鸣下了山，一路快马加鞭，风尘仆仆赶到了县城的家中。进屋后，徐一鸣见母亲哀着脸抹泪，叔叔在一旁不住地劝着。母亲见到儿子，一下抱住他说，儿啊，你可回来了。

徐一鸣忙问，妈，别急，出什么事了，我爹呢？

母亲哭泣不止，叔叔告诉徐一鸣说，你爹去邻县置办烟花材料，在一客栈遭人暗算而亡，尸体现在停在那家客栈里。

徐一鸣闻此噩耗，险些摔倒。他控制着自己的身体没有倒下去，问叔叔，这是真的吗？

叔回答说，真的。和你父亲同去的佣人昨天回来传的信。我们就等着你回来呢，去邻县把你父亲的尸体拉回来。

叔叔雇了一架三匹马的马车，到棺材铺买了一副上好木质的棺材，带着嫂子、侄儿及几个花炮工匠，坐上马车，直奔邻县城。马车行驶了一天，到夜晚的酉时，马车行至邻县的东门，城内上空突然有一簇烟花升起，徐一鸣仰头正在惊讶之时，母亲在一旁淡定地说，那是你父亲燃放的。

徐一鸣听后愣了许久，继而明白了父亲的良苦用心。

就在徐一鸣和父亲在县城相见的这天夜里，苇子沟的徐府大院，被徐父留下来的佣人放火焚烧一空。第二天，佣人在坊间放出消息说，徐家烟花厂爆炸，没有一个人逃生。

卧虎岭的匪首老黑，听了此消息，便断了徐一鸣归山的心思。

后来，徐一鸣子承父业，继续经营烟花产业。到全国解放后，徐家烟花厂已成万人大厂，徐一鸣则成为富甲一方的大商家。

憾　事

　　苇子沟沐浴在安静的晨光之中，街上还没有行人时，林博老人就拎着鸟笼子出门了。

　　天地之间白蒙蒙一片，氤氲着淡灰色的雾霭，林博老人走得很急，不断地抬头望一眼天空，他遛鸟儿的地方是一片树林，他喜欢那里的静谧，他感觉那里才是他和鸟儿的世界。

　　老伴走得早，儿子是省城一家金店的掌柜。当年，老伴走后一年多，林博老人的几位朋友，想帮他再续个伴，儿子也赞成，但都被他拒绝。

　　林博老人在苇子沟当了一辈子私塾先生，人很清高，他内心里一直认为，半路续伴，是对发妻的不忠诚。

　　林博老人的儿子让父亲到省城和他一起生活，被林博老人拒绝。

　　林博就成了独居老人。

　　林博老人孤独的时候常站在鸟笼子跟前，这时鹦鹉会扑啦啦地扇动翅膀，做出各种可爱的动作。林博老人明白，它是在安抚他寂寞的心灵。作为回报，林博老人会把最好的鸟食放在笼子里。

　　时间久了，一人一鸟有了默契，鹦鹉会在林博老人忘记吃药或者休息的时候，发出各种不同的叫声。林博老人感觉他的世界不再寂寞，这种关心让林博老人在恍惚中似乎又回到了有老伴的日子。

　　林博老人来到林子的时候，太阳已经离开地平线，一片血红色的光辉清冷地悬浮在树林上空，透过树木的缝隙斑斑点点地洒在林博老人的脸上，林博老人轻轻地把鸟笼子放在树林深处的草地上。

　　青草刚刚发芽，树木处在要绿未绿之时，这正是林博老人追求的境界，都绿了就没了盼头，而一点不绿又太苍凉。

　　林博老人觉得人生就是一场等待，小的时候等自己长大，自己长大了又盼儿子长大，现在儿子长大了，自己也老了。

　　树林很静，只有微风偶尔吹过，树枝相撞，才会发出扑簌簌的轻响，就像风铃在扣动林博老人松弛的心弦，让他下意识地想起远逝的那些岁月。

　　林博老人喜欢早春，尤其喜欢和鸟儿在这里独处的时光。

　　让林博老人想不到的是，两只黄鸟儿的突然到来打破了这里的幽静。

　　它们婉转的叫声，引逗得鹦鹉不断地扑棱着翅膀，这时林博老人做出一个大胆的决定。他蹲在地上把鸟笼子打开，鹦鹉就像一支绿色箭镞射向天空，然后一个漂亮的回旋又落在树梢上。

　　林博老人恋恋不舍地仰脸看着鹦鹉，他能感受得到鸟儿回归自然的快乐，林博老人嘿嘿笑了，连连向鹦鹉摆手。

　　鹦鹉对着林博老人说了一声谢谢，向树林深处飞去。

　　林博老人缓缓地靠在树身上，闭上眼睛。

　　树林很静，只有草木萌芽的微响，黄鸟儿不知什么时候已经飞走了。

身后
的人

林博老人缓缓睁开眼睛，步履蹒跚地走到鸟笼子跟前蹲在地上，他目光虔诚地看着鸟笼子的竹制小门，他在等鹦鹉归来。

他不敢想象，没有鹦鹉的日子，他一个人要怎样去度过。

当鹦鹉从天空缓缓落在林博老人的肩头复又落在笼子里，林博老人激动得流下了眼泪。

到这个林子里遛鸟的除了林博老人，还有一个年轻人。

年轻人的笼子里也装着一只绿毛鹦鹉，看了林博老人放鸟儿等鸟儿的全过程，他几乎不敢相信自己的眼睛，原来玩鸟儿可以玩到这个境界。

年轻人拎着笼子来到林博老人跟前，向林博老人请教他是怎么做到的。

林博老人未语，林博老人拎着鸟笼子走出树林。

出人意料的是林博老人忽然晕倒在地，鸟笼子甩出去很远，年轻人赶紧把林博老人背出树林。在路上，年轻人拦了一辆路过的黄包车，把林博老人送到苇子沟的一家私立医院。林博老人因为突发脑溢血已经神志不清。

一个邻居去电话局，把电话打到了林博老人儿子的金店，告诉他父亲重病的消息。

等林博老人的儿子赶到的时候，送林博老人来医院的年轻人悄声地走了。

几天以后，林博老人终于醒过来了。他的目光不断地在病房里来回移动。儿子立即把鸟笼子拎到父亲的床前。

林博老人摇摇头说，是谁送我来的医院？

儿子说，一个年轻人，我到后没来得及和他说话，人就走了。

林博老人长叹一声，你现在不用守着我了，赶紧把那个年轻人给我找回来，我有话说。

可儿子通过各种渠道也没有找到送林博老人来医院的年轻人，父亲为此心情十分沉重，病情也加重了。

儿子很奇怪，就问父亲，你究竟有什么话要和他说呢？

林博老人说，告诉年轻人，天要下雨娘要嫁人，人岁数大了，生病是自然的，但不是不能改变的。

儿子很难懂得父亲这话的意思，明明是告诉年轻人的话，可话里跟鸟一点不沾边呀！

父亲说完这句话就走了，儿子按照父亲生前的意思，把父亲埋在了那片树林里。

做完这一切，儿子把鸟笼子的门打开放走了鹦鹉，可鹦鹉落在墓碑上就是不肯离开。

忽然一个年轻人拎着鸟笼子向树林走来，鹦鹉大叫着，然后向年轻人飞去。

林博老人的儿子终于找到了他要找的人。

身后
的人

俞之文

旧时的庙胡同，是苇子沟最长的胡同。胡同弯弯曲曲二百多米。

父母过世早，俞之文把庙胡同里父母留下的两间老屋改成学堂，当私塾先生。俞之文从小就聪慧好学，记忆力超常，凡他读过的书，他皆过目不忘。据说他能倒背《史记》，可与北宋的王安石有一比。

俞之文窄条脸，个子细高，戴一副近视眼镜，人看上去很斯文，二十八岁，尚未娶妻。

1932年春天的一个午后，俞之文正在学堂带学生们朗读"子曰：知之者不如好之者，好之者不如乐之者"时，有一队穿黄衣黄裤的日本兵，像庙胡同一样，弯弯曲曲地从窗前走过。

随着战事的发生，来学堂里读书的学生也越来越少了。

这日下午，俞之文给学生早放了学，他要去清水街走访一个学生。这个学生学习很好，如果悉心栽培，日后必成栋梁。但学生已经一连几天不来学堂了。他想亲自上门见家长，告诉他们不能因为战事，而荒废学生的学业。

俞之文穿上蓝袍黑褂，戴上一顶大檐黑色礼帽，围上一条浅灰色围脖，出了门。走在清水街上的俞之文，怎么也不会想到，一个改变他命运的事件，正一步步向他逼近。

清水街上，有一吴姓人家，有两个儿子，都二十多岁，大的叫大虎，小的叫二虎，母亲有精神病，父亲拉黄包车。一家人的吃吃喝喝，全靠父亲每天拉黄包车的那点收入。两个儿子什么活也不干，好逸恶劳。在清水街上打架斗殴，偷鸡摸狗。

"吴家二虎"在清水街上，可谓是臭名昭著。

这一天，哥俩筹划已久的一个计划将要实施。哥俩想上山当土匪，听人说，当土匪可以吃香的喝辣的。

吴大虎皱眉说，咱哥俩有勇无谋，当不了老大，得找个人当老大。

吴二虎问，找谁？

吴大虎说，让天决定。

吴大虎从小就愿意画画，天天画太阳、大树、白云、鸟儿……吴大虎拿来笔，找了一张纸，几笔就画完了一只无头鸟。

吴二虎疑惑不解，问，大哥，这只鸟怎么无头？

吴大虎说，鸟无头不飞，咱俩去洪家面馆，把画贴到墙上，看谁能揭下这画，把鸟头填上，那他就是咱们的老大。

哥俩走进洪家面馆。吴大虎把无头鸟画从怀里掏出来贴到墙上。

"吴家二虎"开始喝酒。

俞之文要家访的学生，家住在洪家面馆的后街。俞之文走到了学生家门前，大门上锁，问邻居，邻居告诉俞之文说，他家在八杂市有店铺，每天回来得都很晚。俞之文就来到洪家面馆，他想吃一碗面，歇一歇，等那位学生家长回来。

俞之文刚坐下，就看到了墙上贴着的无头鸟画。他站起来走

身后
的人

到画前仔细端详，很好奇地说，鸟无头，岂能称鸟？

说着，俞之文揭下画，和跑堂的伙计要来笔，三两下就把鸟头填上了。

吴大虎"啪"地拍下桌子，对二虎说，咱们的老大就是他了！

"吴家二虎"上前，左右架着俞之文出了门。在清水街头处，有一辆备好的马车拴在树上，他们上了车，马车向前走去。

俞之文问，我们这是去哪？

吴大虎说，金龙山。

三人在金龙山一个废弃的猎户屋里住下来，"吴家二虎"明确告诉俞之文，他们这是上山当匪。

俞之文不解地问，你们为什么拉我入伙？

吴大虎说，这是天意！我们张榜招贤，你揭了榜，填上了鸟头，那你就是我们的老大！

俞之文说，如果我不干呢？

吴大虎说，推下山崖喂狼。

俞之文暗想：先应付下来，后面的事再议吧。

接着俞之文对"吴家二虎"说，让我干可以，但得立几条山规：一、杀鬼子汉奸；二、抢富不抢穷；三、不奸淫妇女。这三点依了我，我就和你们干，否则我宁愿喂狼。

吴大虎点着头，好，这都依你。

俞之文上山的第二天，日本人就接管了苇子沟所有的私塾。

"吴家二虎"绑了几单大票后，有了积蓄，开始招兵买马，在金龙山修房建路。

俞之文在金龙山表面上是大当家的，真正掌权的却是吴大虎。

每一次行动都是吴大虎发号施令，俞之文只是出谋划策，干的是军师的活。

有几次劫日本人的军火，都是俞之文的妙策，让土匪们满载而归。

吴大虎对俞之文的围魏救赵、借刀杀人、围点打援、远交近攻这些战术很敬佩，有时吩咐"拿金柱"（管钱的），多赏俞之文几块大洋，以示鼓励。

一日，山下"拉线"（侦察）的回来报：延寿伪县长明天带人到哈尔滨，给关东军野川队长送五十根金条，路过金龙山。

没等吴大虎表态，俞之文就说，"没冒"（没说的），干！

吴大虎瞥一眼俞之文说，对，干！离开咱金龙山，去延寿县界设伏！

翌日早，吴大虎派吴二虎和俞之文带领众匪二十余人下山。

晌午，到了延寿县界。伏击的过程很顺利，五十根金条也拿到了手。就在吴二虎带领众匪准备打马回山时，一伙人似神兵天降般，手端长枪包围了他们。一阵乱枪，金龙山二十余名匪徒被打死，只有吴二虎和俞之文趁乱逃脱。

俞之文告诉吴二虎，咱是被当地匪徒"螳螂捕蝉，黄雀在后"了。

天色已晚，吴二虎和俞之文找了一家客栈住了下来，准备第二天回金龙山。

是夜，二人聊了很多。俞之文说，这种打杀的日子过够了，不想活了。

吴二虎说，好死不如赖活着。

身后
的人

第二天早上醒来时，吴二虎发现睡在他身边的俞之文不见了，以为他上厕所，等了一会儿也不见回来，吴二虎慌了手脚，马上在客栈前后找，也没有找到俞之文。

客栈后面有一条河，河面很宽，河水湍急向下游流着。吴二虎在河边发现了俞之文的一只鞋，长叹一声离开了。

吴二虎回到金龙山，吴大虎问，怎么就你一个人回来了？

吴二虎就把金条被抢，兄弟们全被乱枪打死的经过说了一遍。

后又补充说，俞之文跳河自杀了。

吴大虎听后，眼睛狠狠地盯着吴二虎看了半天，才问，二虎，俞之文那么鬼精，他怎么会被人吃？莫不是你俩私吞了金条，他让你回来应付我，日后你俩"挑片"（分钱）。

吴二虎瞪着眼睛辩解说，这怎么可能？你是我大哥！

吴二虎话毕，吴大虎就令人把吴二虎给绑了。吴大虎心头疑云不散，令"炮头"（行刑的）将二虎拉出去毙了。

吴二虎知道自己今日难逃一死，此时，吴二虎突然想起了俞之文，他似乎明白了什么。

吴二虎被毙后，吴大虎经常看着俞之文坐过的椅子发呆。不知为什么，吴大虎总感觉俞之文没有死。

有一天早上，吴大虎喊来"炮头"说，你去准备一下，和我回一趟苇子沟。

"炮头"问，回苇子沟干什么？

吴大虎看了一眼"炮头"，没有回答。

后记：苇子沟是我创作的精神故乡

在松花江右岸，有一个宾州城，古称苇子沟。那里是我的故乡，也是我文学创作的地标。那里的每座山川、每条河流、每寸土地都在我的心里留下了深深的印记。

创作微型小说几十年，我一直依托故乡的地理环境，苇子沟已成为我文学创作的精神故乡。

严格来说，我的苇子沟小说大部分都是抗日小说，写抗联战士，写交通员，写地下党，他们为民族的解放献出了自己年轻的生命。

我对东北抗日历史非常感兴趣，非常关注。我尽可能多地阅读我能找到的抗日文字材料，比如地方志、专家学者的文章，并作了大量的笔记。这些积累，让我对东北抗日的艰辛、真相，都有非常感性的认识和理性的思考。我从小就有英雄情结，对东北地区涌现的抗日英雄，以及那些著名的战役都充满了敬意。东北当时的社会环境、气候特点，日本关东军军事力量的强大，都决定了东北抗日的艰巨性。这里面的确有很多极为悲壮的故事，给我很深的印象。这是写作的前提条件，我一直有心用微型小说的形式表现它们。在这样的情形下，产生了我的代表作《身后的人》和《一把炒米》。

写作总是有无限的可能性，这可能也是写作本身的魅力所在。

身后
的人

我前期的文本比较写实，追寻现实主义文风，喜欢讲一个有情节的故事，在技术上比较欣赏欧·亨利式结尾，埋伏与反转，我也常常用到。后期写作也尝试现代主义手法，象征、夸张、变形、魔幻等手法也是我喜欢的。我的微型小说《羊头》《无痕》等就是这种风格。一方面淡化故事，一方面营造多义气氛，让文本丰盈、多变；结尾就并不刻意追求反转，倒是更开放式的了。

几十年文学创作，感受颇多，对文学的各个时期的经典，各种理论、流派、现代手法都比较认真地琢磨、观摩、体验、思考过，但最终我选择了自己的道路——坚持微型小说创作。尽管微型小说字数少，但它同样担负着和其他文学体裁同样的社会功能。

文学也给我这样的启示，一个人，最好的人生还是给社会作出贡献，为他人做点什么，就是利他，实现社会的良性循环。说到另一个实践，就是基于我的世界观的文学观念，它们是相辅相成的，我希望我的文学，给社会提供一份积极的、正面的精神力量。比如我的《一把炒米》《身后的人》，传播的正是这种理念，为人民肝脑涂地，把人民永远记在心间。事实上，这种理念依然是我们社会的主流，也是老百姓衷心拥护的。回头看看《一把炒米》《身后的人》，几十年经久不衰，有人提到这两篇已经进入经典视野，但说到底，还是它们的故事背景、人物的精神品质触动了读者的内心，使读者产生了共鸣。说到底，微型小说也是一种文学，也同样能艺术性地给读者正确的指导，这就是文学不能缺失的一个功效。